KATRIN RICHTER

JAN PANIER

»STADTSTREICHERIN II«

NEUE SPAZIERBILDER

Vorbemerkung der Autorin

In meinen Texten mischen sich tatsächlich erlebte Dinge mit meinen Träumen; Dingen, die mir erzählt worden sind, die ich irgendwo aufgeschnappt habe oder die ich mir auch nur einbilde. Seit jeher ist meine Phantasie legendär. Jeder, der mit mir lebt oder lebte, weiß darum und nimmt es hin.
Einiges überhöhe ich auch künstlich oder künstlerisch, wie Sie wollen. Es geht mir um die Originalität und den Anstoß zu vielleicht tieferen Einsichten – niemals darum, einen anderen Menschen bloßzustellen oder willentlich zu verletzen.
Darum gehen Sie bitte davon aus, geschätzte Leser, dass ich die meisten der handelnden Personen frei erfunden habe, Ähnlichkeiten mit tatsächlich existierenden Menschen (oder auch mit bereits verstorbenen) rein zufällig und von mir nicht beabsichtigt sind.

Katrin Richter, im Herbst 2012 in Berlin

Die Autorin, der Autor

Katrin Richter hat – auch unter ihren Namen *Katrin Panier, Katrin Panier-Richter und Clara Felder* – bisher insgesamt vierzehn lieferbare Bücher veröffentlicht. Als leidenschaftliche Tagebuchschreiberin und Spaziergängerin lebt sie zurückgezogen mit ihrer Familie in Berlin.
Jan Panier ist in Berlin aufgewachsen und Wahlthüringer.
Er bezeichnet sich selbst als fußballspielenden Informatiker. Gedichte schreibt er in seiner Freizeit.

<u>In dieser Reihe erschienen bisher:</u>

»Stadtstreicherin - Spazierbilder«,
>Books on Demand<, Norderstedt, 2008
»Mutspringerin, - Reisebilder«,
>Books on Demand<, Norderstedt, 2008
»Briefschreiberin - Gedankenbilder«,
>Books on Demand<, Norderstedt, 2009

sowie 11 weitere Bücher der Autorin im Verlag
  >Schwarzkopf & Schwarzkopf<, Berlin sowie bei
  >Books on Demand<, Norderstedt

Katrin Richter
Jan Panier

»Stadtstreicherin II«
Neue Spazierbilder

Bibliografische Information der Deutschen Nationalbibliothek:
Die Deutsche Nationalbibliothek verzeichnet diese Publikation in der
Deutschen Nationalbibliografie; detaillierte bibliografische Daten sind
im Internet über <http://dnb.d-nb.de> abrufbar.

Impressum

(C) Katrin Richter, Jan Panier
1. Auflage, 2012
Titelbild: eigene Grafik
Umschlag, Satz und Layout: Richter, Berlin
Herstellung und Verlag: Books on Demand GmbH, Norderstedt
Printed in Germany

ISBN 978-3-8482-2609-2

»VORWORT«
Was ich Ihnen vorher sagen möchte...

Überallhin zu Fuß gehen. Ich weiß ehrlich nicht mehr, wann das angefangen hat. War es während einer großen Lebenskrise? Als ich mein Auto abgab? Oder beides? Auto abgeben, das war ja für mich auch irgendwie eine Krise.

Jedenfalls – inzwischen laufe ich an jedem Tag mindestens eine Stunde lang irgendwohin. Zur Inspiration den Innenkreis auf unserem Friedhof, linker Teil, von mir aus gesehen. Das dauert eine Dreiviertelstunde, etwa. Falls ich unterwegs nicht jemanden treffe und ein Schwätzchen halte, versteht sich.

Einmal rings um den Friedhof, rechts von mir aus gesehen, am Abend mit dem Liebsten. Um den Tag abzuschwatzen, um sich wieder aufeinander einzuschwingen nach den unterschiedlichen Welten, in denen wir tagsüber lebten, um uns einfach an den Händen zu halten. Bei diesem Spaziergang existiert ein Außenkreis und ein Innenkreis. Außen geht durch Neukölln, innen durch Baumschulenweg. Ost oder West. Wir haben ja heute die Wahl.

Zur Sauna gehen wir ebenfalls per pedes, mit großem oder kleinerem Rucksack, je nach Jahreszeit. Im Winter muss der Bademantel einfach dicker sein. Heute befindet sich diese Sauna in Schöneweide, früher in Adlershof. Auch damals sind wir gelaufen, einmal quer übers Flugfeld Johannisthal.

Zur Tanzschule wanderten wir durch die Königsheide. In die Gropius Passagen Britz/Buckow gehe ich durch Späthsfelde und danach immer die Johannisthaler Chaussee entlang.

Manche rufen mir zu: »Na, Sie brauchen aber gute Schuhe, so viel, wie Sie laufen!« Stimmt. Das ist ein echtes Problem. Zumal gute Schuhe ja auch etwas kosten. Ich habe schon einige durchgelaufen. Socken auch. Der Geliebte mag es nicht, wenn ich meine Strümpfe zu oft stopfe. »Wir leben ja nicht mehr in der Nachkriegszeit«, sagt er. Mit Recht.

Als vor vier Jahren meine »Stadtstreicherin. Spazierbilder« erschien – noch unter meinem damaligen Doppelnamen »Panier-Richter« – da fürchtete ich insgeheim ein bisschen, dass ich danach nie wieder laufen würde. Hatte ich es mir doch einmal von der Seele geschrieben – und nun Schluß damit. Zum Glück ist das nicht eingetreten. Eher das Gegenteil ist der Fall. Kann sein, dass ich sogar noch öfter gehe als damals, 2008. Ich habe keine einzige Strecke ausgelassen bis heute oder reduziert. Nur meinen Nachnamen, den schon! Den habe ich auf das für mich Wesentliche reduziert. Wie, wann, warum; auch davon ist in diesem nun vorliegenden Büchlein »Stadtstreicherin II – Neue Spazierbilder« zu lesen. Natürlich bin ich auch an diesem aufregenden Tag der Namensänderung gelaufen. Zuerst meinen guten, alten Weg an der Spree entlang. Dann in Berlin-Mitte, rings um den Alexanderplatz bis zur Klosterstraße. Und noch einmal an dem selben klirrend kalten Wintertag vom Bürgeramt Schöneweide durch die verschneiten Gärten nach Hause, nach Baumschulenweg. Es gibt Tage, da brauche ich einfach sehr viele Schritte.

Thích Nhất Hạnh, der buddhistische Mönch und Dichter, schwöre ebenfalls auf Gehmeditation, rief mir mal ein erleuchteter Nachbar zu, als ich gerade an seinem Balkon vorüber schlenderte. Es ist viel Wahres dran an dem, was er da bemerkte.

Spazierengehen, allein oder zu zweit; aber besonders allein, das hat für mich etwas wie Einkehr. Ich komme zu mir, auf gute Gedanken, auf bessere Ideen, als wenn ich nur still an meinem Schreibtisch oder auf dem Sofa sitzen würde. Darum tue ich es auch weiterhin.

Ich muss fort! Die bequemen Schuhe stehen schon bereit, es hält mich nichts mehr auf diesem Stuhl. Ich wünsche Ihnen viel Spaß oder auch Nachdenklichkeit oder was immer Sie dabei empfinden, bei neuen Geschichten von Ihrer Stadtstreicherin.

Herzlichst,
Katrin Richter, im Mai 2012 in Berlin.

PS: Noch ist die Welt (Maya-Kalender!) nicht untergegangen...

PPS: Mitten in der Arbeit an diesem Buch ist mein Name doch wieder zu mir zurück gekommen, in Gestalt meines Co-Autors Jan Panier. Es geschah so, wie es mit der Inspiration immer geschieht: Jemand sagt etwas, der Blick fällt auf etwas, zwei Gedankenstränge verflechten sich auf unnachahmliche Weise miteinander... In diesem Falle war es das Berlin-Gedicht, das mir zugeschickt wurde und das ich im selben Moment zu lieben begann. Anders als in »Stadtstreicherin I« waren ja zu mir dieses Mal weniger Gedichte gekommen. Ich wollte auch keine »erzwingen«. Als ich aber dann die von Jan Panier las, hatte ich das ganz starke Gefühl, sie könnten gut zwischen meine Geschichten passen. Er sagte keineswegs sofort »Ja!« zu meinem Ansinnen, aber nach einer

Bedenkzeit schien er mir – vor allem im Endspurt – mit Begeisterung bei der gemeinsamen Arbeit zu sein.

Ich freue mich sehr, Ihnen auf diese Weise ein junges Talent vorstellen zu dürfen; aus meiner Sicht einen der Mutigen seiner Generation, die zu den eigenen Gefühlen stehen und es wagen, sich verletzlich zu zeigen.

Danke, Jan, für deinen Beitrag...

Katrin Richter
im Oktober 2012 in Berlin

Alle laufen furchtbar schnell, ob Junge, Alte, Dicke.

Für ungefragte Freundlichkeit verständnislose Blicke.

Und trotzdem spürt man, wenn man's kennt:

       die Hektik hat 'ne Lücke.

Ob wirklich da, ob nur in mir, egal, ich bin gut drauf.

Die große Stadt, der Smog, Beton,

       hör'n außen an mir auf.

Die Dinge, auch zehn Sommer später:

       altbekannter Lauf.

Ab ins Grün(au)e, raus, ans Wasser,

denn selbst für einen Großstadthasser

sind Dreck und Nostalgie vereint,

       wenn in Berlin die Sonne scheint.

(Jan Panier, Juni 2012)

»OSTERFEUER «

Die Leute verbrennen gern Dinge. Schon zum vierten Mal tritt die Frau an den brennenden Haufen aus Holz heran, um etwas Kleines, Weißes, Weiches in die Flammen zu werfen; etwas, das wie ein Papiertaschentuch aussieht. Ist sie so schlimm erkältet? Frage ich mich von der anderen Seite des Feuers her, der Frau gegenüber. Leidet sie an Liebeskummer? Musste sie heute viele Stunden lang einen Verlust beweinen? Hat sie den ganzen Nachmittag über Zettel beschrieben mit all jenen Eigenschaften, Beziehungen, Lebenszielen, die sie nun nicht mehr braucht, und die sie rituell auf diese Weise vernichtet?

Sie wirkt ganz konzentriert, diese Frau, nicht mehr jung, noch nicht alt. Die anderen Besucher des Ereignisses, die auf langen Bänken rings um die Feuerstelle sitzen, sich die Gesichter mit den Händen schützen, immer wenn Paletten nachgelegt, neue Bretter oben auf den Scheiterhaufen geschichtet werden, scheint sie gar nicht zu bemerken. Sie tritt heran, wirft ihr weißes Etwas aus der hohlen Hand ins Verderben, tritt wieder zurück, ein zwei, drei Schritte und wird erneut vom nächtlichen Dunkel verschluckt.

Bis sie wieder hervortritt, ins flackernde Licht, denke ich an etwas anderes. So ein friedlicher Anlass. Und doch sind auf solchen Stätten auch Menschen verbrannt worden, Frauen, Hexen; und auch damals haben Leute zugeschaut, haben das Schauspiel umrundet, waren in Scharen herbeigeeilt. Das waren doch nicht solche wie wir! Wir sind heute anders, denke ich. Die Evolution vollzieht sich spiralförmig aufwärts, immer weiter, immer voran. Wir wachsen, insgesamt, auch wenn es manchmal nicht danach aussehen mag, wenn ich mich so umschaue auf der Welt. Dennoch, ich kann es mir nicht anders vorstellen, als dass wir insgesamt klüger werden, reifer, weiser. Eine Entwicklung, die der einzelne Mensch durchläuft, wenn alles gut geht, die müsste doch auch die Menschheit im Ganzen durchlaufen. Denke ich. Sind wir heute anders?

Wenn jetzt und hier an diesem Abend des Ostersonntag 2012 in Berlin-Treptow jemand herbeigeschleppt würde, auf dieses Holz gestellt, festgebunden und den Flammenzungen anheim gegeben, das wäre gar nicht möglich. Da würde Protest sich regen, gleich zu Beginn, noch im Anfangsstadium. Da stünden wir alle Seite an Seite, und wir stünden auf gegen Grausamkeit noch in ihrem Anfangsstadium. Links neben mir fotografiert eine Frau. Sie ist prominent in unserem Großstadtkiez, fast jeder kennt sie, sie macht die schönsten Bilder von allen, wenn etwas los ist; und hinterher werden sie in jeder regionalen Zeitung bewundert. Ein Glutflöckchen schwebt ihr auf den Rücken, so zart und so arglos. Aber es ist groß genug, um ein Loch in ihren Anorak brennen zu können. Ich hebe die Hand, aber ein Mann war schneller. Mit fürsorglicher Geste wedelt er ihr die Gefahrenquelle vom Jackenstoff, noch ehe sie selbst überhaupt etwas bemerkt hatte. Sie stutzt, lässt ihr Objektiv sinken, sieht den Mann fragend an. Er nickt nur. Sie sagt danke.

Wir passen aufeinander auf, denke ich. Da kann keinem etwas Schlimmes geschehen.

Gegenüber tritt die Frau mit den Taschentüchern oder den Zetteln aus ihrem Schatten und lässt ihren Wurfarm pendeln wie ein Diskuswerfer.

Ich denke, sie vernichtet gerade eine Notiz. »Was Menschen Menschen antun« hat sie darauf gekritzelt, ich sehe es ganz deutlich vor meinem inneren Auge. Und weiter: »Das soll ab jetzt nur noch Gutes, Förderliches sein.«

Die Frau muss eine ähnliche Idealistin sein wie ich. Ich kann es mir gar nicht anders vorstellen. Dem Feuer ist es egal. Es nimmt in sich auf, was wir ihm zu Fressen geben. Es reinigt oder zerstört. Es ist weder gut noch böse. Wir sollten sorgsam damit umgehen.

Mit dem Osterfeuer.

Ich habe eine Überzeugung anprobiert

wie ein kratzendes, schupperndes Hemd.

Es passte mir nicht.

Und als ich es abwarf,

öffnete sich mir

eine ganze Welt.

(Katrin Richter, August 2011)

»Europa«

Die Stimme der Dame auf meinem Anrufbeantworter habe ich noch nie gehört. Sie sei von der Europäischen Akademie, und ob ich am soundsovielten um soundsoviel Uhr einen Vortrag halten könnte, nicht lang, etwa zwanzig Minuten bloß. Meine Sicht auf Europa. Das wäre schön. Ich möge doch bitte zurückrufen, falls ich daran Interesse hätte.

Aha. Wie kommt sie denn auf mich? Wer hat mich da wann wem vorgeschlagen? Und wieso? Wer vergibt noch dazu meine Telefonnummer? Verlage tun das nicht. Keiner, der auf sich hält, tut das, einfach so, ungefragt.

Ich denke kurz nach. Dann wähle ich die auf das Band gesprochene Nummer. Freundliche Frauenstimme. Eine Kollegin, die mich weiterreicht. Ja, wer genau auf mich kam und wodurch, das könne keiner so genau sagen. Der Regierende Bürgermeister von Berlin lädt ein. »Der kennt mich auch nicht«, sage ich und schicke gleich voraus, dass der besagte Tag für mich bereits verplant ist.

Dennoch fühle ich mich ein wenig geehrt. Und wüsste immer noch gern, wie ich dazu gekommen bin. Ein Zufallsgenerator? Nein, es ist nicht herauszubekommen. Entweder, sie weiß es wirklich nicht, oder sie darf es mir nicht sagen. Will nicht, kann nicht. Geheime Verschlusssache. Ich fange an zu spinnen.

Wir danken, sagen einander Nettigkeiten, legen auf.

Was einem alles so geschehen kann, ganz unverhofft. Europa! Mein Eindruck davon. Dazu wäre mir eh nichts eingefallen. Ich wende mich vom Telefontischchen ab, dem Mittagessen zu. Freiberufler wie ich sind Koch, Hausfrau,

Heizer, alles in einer Person. Das soll jetzt nicht wie Gejammer klingen. Ich will es ja selbst so und nicht anders.

Europa. Eine Rede im Roten Rathaus. Nicht, dass ich mich vorm öffentlichen Auftreten fürchten würde, das ist es nicht, nein, wirklich nicht. Aber ein Forum mit Arbeitsgruppen, nach zwei Tagen ein Bürgerbeschluß, ein schriftlicher, da muß so ein Referat doch Hand und Fuß haben. Da kann ich nicht einfach herumgefühlseln, wie es mir am leichtesten fällt. Oder doch? Bin ich feige? Hätte eine wie ich so einer trockenen Veranstaltung gerade noch gefehlt? Ich seufze über meinen Salzkartoffeln. Rotes Rathaus in der deutschen Hauptstadt.

Dort habe ich vor sieben Jahren geheiratet. Was für ein Tag. Wie feierlich, nur wir zwei in einem großen Saal. Das Fest für alle kam erst später. Es waren ja auch gar nicht alle da zu diesem Zeitpunkt. Die Tochter in Paris, jobben im Disney Land. Oder schon in Clermont Ferrand, zu ihrem Auslandssemester? Ich bekomme gar nicht mehr zusammen, wann sie eigentlich wo war. In Polen, Krakau, und dann noch einmal in einer anderen Stadt jenes Landes. Ihr Staunen über die Schönheit der polnischen Ostseeküste, das habe ich nicht vergessen. Das weiß ich noch.

Und dann war sie monatelang in Brüssel, bei der Europäischen Union, sandte seitenlange Berichte von da, die wir internetlosen Großeltern an Kaffeetafeln vorlasen. Die Älteren hörten mit Tränen der Rührung in den Augen zu und stellten Fragen über Fragen. Was die jungen Leute aber auch alles für Möglichkeiten haben, heutzutage, konnten sie nicht aufhören, sich zu wundern. Der Sohn, die Tochter finden das manchmal ganz erdrückend. So viele Chancen, und selber doch nur ein kleines Menschenkind, das nicht für die ganze Welt – global – denken und fühlen kann, sondern eben doch nur für das eigene Herz, die eigene Haut, den eigenen Schwenkbereich der Arme. Sie versuchen es ja, aber sie wollen manchmal schier zusammenbrechen unter der Last dieser Verantwortung. »Du siehst eine Million Lichter auf unzähligen Straßen vor dir«, hat es mir ein junger Mann einmal beschrieben. »aber du fühlst dich ganz verwirrt, hast keine Ahnung, welcher Straße du dich zuwenden, welchem Licht du folgen sollst.«

Im Augenblick ist meine Tochter in Luxemburg. Ein dreimonatiges Praktikum. Was sie danach machen wird, das weiß sie jetzt noch nicht. Aber es zog sie dorthin, und sie freute sich über die Zusage. Nun wohnt sie in einem Haus, das immerzu an Praktikanten vermietet wird. Ein Zimmer für sie, die Deutsche. Eines für eine Italienerin, eines für einen Spanier. Ein Tscheche, ein Russe, und irgendwo, so sagt man, soll auch noch ein Chinese wohnen. Ich denke, wer sich so begegnet, schon in so jungen Jahren, der kann auf gar keinen Fall gegen ein anderes Volk in den Krieg ziehen. Der kann auf keinen Gleichaltrigen schießen, wie denn?! Sie kennen sich doch schon, sie können einander nicht fremd sein. Wer sollte solchen Menschen einreden, dass hinter der Grenze ein Feind sitzt?! Ich halte das für unmöglich, nachdem man schon das Badezimmer und die Küche miteinander teilte.

Ich bereue manchmal, dass ich – anders als meine Kinder – kein Französisch gelernt habe. Einmal war ich in den Ferien in Beziers, Südfrankreich, und es kam mir vor wie eine schreckliche Behinderung, mich dort nicht verständlich machen zu können. Ich konnte ja noch nicht einmal im Restaurant danach fragen, welche der Speisen Alkohol enthalten, denn dann esse ich sie nicht. Von Freunden habe ich die Wendungen dann notdürftig radebrechend gelernt – und angewendet. Aber die

Möglichkeiten kollidierten mit meinen Fähigkeiten. Manchmal kollidiert die grenzenlose Offenheit dieses Europa auch mit dem Inhalt meiner Brieftasche.

Meinem Sohn ist das egal. Er fährt zur Not auch mit dem Moped nach Kroatien, wenn ihm danach ist. Unterwegs werden sich schon Gelegenheiten finden, etwas zu essen zu bekommen, das nötige Geld zu verdienen. Er ist so frei. An Zollbestimmungen oder Stempeln in Pässen scheitert er jedenfalls nicht. Schon cool, wie wir alle zusammenwachsen.

Bin ich noch Berlinerin oder schon Europäerin? Eine richtige Weltbürgerin gar?

Dafür, dass ich nichts aus meiner Sicht zu Europa sagen kann, war das schon eine ganze Menge. Ob ich doch noch einmal anrufe und der Dame sage, ich hätte es mir anders überlegt?

Sie läuft über meine Leber,

gottverdammte Laus.

Doch am Ende angekommen,

möchte sie nicht raus.

Lieber kehrt sie fröhlich um,

lässt mir keine Ruhe,

hält sich fest und grinst dabei,

zwingt mich zu Getue.

Schreien möcht' ich, rennen, weinen,

und bin doch ganz still.

Kann es sein, dass tief im Innern

ich auch leiden will?

Wie kommt man aus dieser Falle?

Eigentlich ganz leicht.

Martern aus, Gelassenheit,

hoffend, dass es reicht.

(Jan Panier, 2012)

»Das Leben ist kein Ponyhof«

Das Leben ist kein Ponyhof – nein, und noch nicht einmal ein Ponyhof ist ein Ponyhof, im übertragenen Sinne, selbstverständlich. Will heißen: Kein vermeintliches Paradies des Miteinanders und der Harmonie kommt ohne das Menschlich–allzu–Menschliche aus, egal, wohin ich auch gehe. Unser Berliner Hinterhof zum Beispiel. Schon damals, als meine eigenen (»Eigenen« ist gut! Sie gehören mir ja nicht, sind nicht mein Besitz, diese jungen Leute, ich weiß es doch, ich weiß es ja!) Kinder noch klein waren und in diesem Sandkasten ein wildes Gewusel stattfand, schon damals war es so. Wir mochten uns leiden, wir Nachbarn, oder auch nicht. Wir fanden es prima, wie der jeweils andere seinen Nachwuchs – für alle sichtbar – erzog, oder auch nicht. Wir lebten selber unsere Dramen, verliebten oder entliebten uns, heirateten, erneuerten unsere Eheversprechen oder ließen uns scheiden, unter Schmerzen, mit blutenden Herzen oder zeitweise auch zweigleisig, mal mit diesem, mal mit jenem an meiner Seite. Und im Sandkasten stritten die Kleinen um die Schäufelchen, als gäbe es auf dieser Welt keine anderen Herausforderungen. Wir pflanzten Blumen, Bäume, säten Wiese aus auf unserem Hinterhof, feierten Parties, feuchtfröhliche und kamen vom Alkohol los, wonach die Parties weniger wurden, milder.

Dann folgte die Zeit, in der es still wurde auf unserem Hof. Gab es keine Kinder mehr, oder zogen andere, kinderlose Nachbarn ein? Der Sandkasten blieb leer, nur ab und zu mag ein Hund sich dort getummelt haben oder die Ratten aus manchen Kellern oder ein Nachtgespenst.

Diese Phase mag anderes erfordert haben von den Menschen als sich um einen Hof zu kümmern, der noch nicht einmal Eigentum war, als sich um Nachwuchs zu bemühen, wo die Zeiten sich doch so unsicher darstellten und Existenzängste heraufbeschworen, bei vielen, so vielen von uns.

Nun ist es wieder ein wenig wie früher: Neues Leben zog auf den alten Hof ein. Die Nachbarn bilden eine Gemeinschaft, fast wie Ökobauern auf dem Land. Neuerdings gibt es Hasen in Ställen, kleine Draußen-Terrassen vor den Erdgeschosswohnungen, Blumenrabatten und ein Insektenhotel. Von oben, aus meiner Wohnung, sieht es idyllisch aus, ein Vorzeigehof, der zu DDR-Zeiten vielleicht eine »Goldene Hausnummer« wert gewesen wäre. Jüngst haben sie alle zusammengelegt und ein großes Trampolin gekauft, das jetzt jeder, der mag, benutzen kann. Dort unten entstehen glückliche Kindheiten, denke ich, während ich sie alle manchmal aus meiner Distanz betrachte. Gestern war ich selbst mittendrin. Ich brachte eine Packung Schokoladenkekse mit. Man soll ja nicht mit leeren Händen irgendwo erscheinen – und ich tat es gern. Die Kinder vernichteten das Gebäck in kürzester Zeit, wie wir damals und wie unsere Kinder auch. Später am Nachmittag erhielt ich den Rüffel einer der Mütter dafür. Das nächste Mal doch bitte nach dem Mittagessen, ihre Tochter habe nach den Plätzchen keine Kartoffel mehr angerührt. Diese Mutter erfreut sich Rubens´scher Körperformen, und ich nehme den Rüffel hin, bin wie immer schlagfertig mit zwölf Stunden Verspätung. Wie wäre es, denke ich grimmig, als es am Tag danach immer noch in mir arbeitet, wenn du mit gutem Beispiel voran gingst und deiner Tochter vorlebtest, was du für richtig hältst und was nicht?! Es ist doch kein harmloser Keks, der sie zu ungesunder Ernährung verführt. Und es ist ganz bestimmt keine Kartoffel, kein ordentliches Mittagsmahl allein, das aus ihr eine Frau macht, die später gut auf sich achtet.

Ich bin böse, und so darf man nicht denken. Man muß bei sich selbst bleiben, vor der eigenen Tür kehren und die anderen in Ruhe lassen.

Ich werde mich wieder unter das Volk auf unserem Hof mischen, ich fühle mich nicht fremd dort, auch wenn jetzt andere Nachbarn mit neuen Kindern alles kontrollieren. Ich wohne ja schon über zwanzig Jahre hier, ich spüre also eine Art vertrautes Gewohnheitsrecht.

Wird Zeit, dass ich mich in der Oma-Rolle einrichte. Ein wenig gelassener Abstand, etwas Nachsicht im Herzen und Humor im Blick. Keiner von uns kann alles richtig machen, und Menschen sind Menschen, egal, ob auf einem – zugegeben: sehr liebevoll geführten und gestalteten – grünen Berliner Hinterhof, im Luxushotel oder in einem Büro.

Eine Horde dreijähriger Jungs mit Holz- und Plastikschwertern in den Händen entert mein Treppenhaus. »Vorwärts, Männer«, höre ich sie laut flüstern. »Welche Wohnung ist es denn?« Sie werden unsicher, sehe ich durch den Türspion, sie bekommen Angst vor ihrer eigenen Courage. Ich mache auf und stemme zum Schein die Ärgerfäuste in meine Hüften. »Was ist denn hier los«, sage ich, und die Strenge will mir nicht gelingen. Die kleinen gefährlichen Piraten kichern. »Dann tretet mal ein in mein Reich«, sage ich. »Es sind noch Kekse da.« Sie umringen mich, ich fühle mich ein wenig wie das Schneewittchen mit den sieben Zwergen. Ein schönes Gefühl. Die Kinder wirken schüchterner jetzt. Sie verhalten sich ganz lieb und hören auf jedes Wort, das ich sage.

Es klingelt, und sie werden von ihren Eltern wieder eingesammelt. Habe ich schon wieder etwas falsch gemacht? Die Oma-Rolle verlangt es so. Ich kann mich nicht um jede Kritik kümmern. Wir Älteren treten in rebellische Lebensphasen ein, die uns den Jüngeren wieder ähnlich machen, wenn alles gut geht.

Das Leben ist kein« Ponyhof, und man muß schon ein bisschen was aushalten können. Unser Hof ist ein Menschenhof, mit allem, was dazugehört. Und das Gespenst im Sandkasten, das um Mitternacht dort umgeht, weil dies die einzige Stunde ist, in der es dort noch Ruhe hat, es nickt dazu. Ja, ganz richtig, nickt es mit seinem weißen, hohlen Schädel. Ein solcher Platz für alle hinter Berliner Mietshäusern, das ist kein Geisterhof. Und darum menschelt es hier so.

»Sammeln Sie Herzen?«,

wird im Supermarkt an der Kasse gefragt.

»Na ja,« denke ich,

»wieso eigentlich nicht?!...«

(Katrin Richter, 2012)

»SCHORNSTEINFEGER BRINGEN GLÜCK«

Haben Sie schon einmal ein von Ruß bestäubtes Wohnzimmer erlebt? Ich meine, über und über mit schwarzem Puderzucker allerfeinst bedeckt, jedes Kissen, jedes Polster, jede über eine Lehne geworfene Strickjacke? Wenn ja, dann wissen Sie, wie ich mich gefühlt habe an jenem Maientag vor zwei Jahren, als ich zum ersten Mal die zweifelhafte Erfahrung habe machen dürfen, wie es ist, wenn mein Kamin ganz plötzlich niest.

Der Schornsteinfeger war da und waltete auf unserem Dach seines Amtes. Wir hatten noch keine Ahnung davon, welche Auswirkungen seine Tätigkeit auf uns hat. Der Kaminofen aus dem Baumarkt weilte noch nicht lange genug in unserer guten Stube, dass wir mit so etwas hätten rechnen können. Es traf uns völlig unvorbereitet – und außerdem auch noch einen Tag vor einer längeren Reise. Es rumpelte also ordnungsgemäß in der Esse unseres Berliner Altbaus, wie es sich für einen solchen Abzug nun einmal gehört, wenn er sauber gemacht wird. Soweit, so gut. Wäre es beim Rumpeln geblieben, wo wäre dann das Problem?! Aber das tat es nicht. Dem Geräusch folgte ein kurzes Puffen und dann jenes Niesen, das auf fast surreale Weise rings um den Austritt des Kaminrohrs in unsere gute Stube schwarzen Nebel austreten ließ, ganz sacht, stumm und wie in Zeitlupe. Damals waren wir wie paralysiert, als wir es schließlich bemerkten. Denn im besagten Raum war zum Zeitpunkt des Austritts des »Rußdampfes« kein Mensch. Wir lagen noch in unseren Betten und schliefen selig oder gingen in anderen Zimmern unseren jeweiligen Beschäftigungen

---

nach – oder auch draußen, im Supermarkt, in Haus, Hof oder Garten. Genauer entsinne ich mich nicht mehr.

Woran ich mich aber exakt erinnere, das ist mein erster Gang an jenem Tag ins Wohnzimmer, als ich vom Couchtisch ein Glas anhob und dann minutenlang ungläubig auf den weißen Kreis starrte, den der Boden des Trinkgefäßes auf der Tischdecke hinterlassen hatte. Wieso denn das?– wollte mir die Lösung des Sachverhaltes nicht einfallen. Ein weißer Kreis, wie von Grafit gezirkelt umrundet. Wie kam denn der dahin? Während ich noch versuchte, ein Licht in meinem armen Hirn aufgehen zu lassen, drang langsam, langsam, in einem Tempo, das ich gerade so verkraften konnte, eine Wahrheit in das selbe Gehirn hinein: Weiße Kreise auf schwarzem Grund. Alles um die Gegenstände auf dem niedrigen Tischchen, einfach alles war von einem unsichtbaren Künstler so gestaltet worden: Mittels einer mir verborgenen Technik musste er die Minen aus unzähligen Bleistiften gezogen, gründlich geschreddert und dann über die gesamte Tischplatte verteilt haben. Was sage ich! Von wegen Tischplatte. Nein, er war nicht faul gewesen! Den gesamten Fußboden, Sofa, Stühle, Regal, alle Bücher, CD´s... – nichts hatte er ausgelassen, dieser inspirierte Schelm.

Na ja, ich will Sie nicht länger mit meinen Phantasien traktieren, liebe Leser. Damals vor zwei Jahren hat es eine Weile gedauert, bis ich mich der ganzen Wirklichkeit stellen konnte, und noch etwas länger, bis wir in einer Hau-Ruck-Aktion unser ganzes Zimmer einmal kurz entkernt und dann wieder zusammengesetzt hatten. Wie viele Waschmaschinenfüllungen durch liefen an diesem Tag, das weiß ich heute nicht mehr. Irgendwie schafften wir es doch noch, unsere Ferien anzutreten. Die Renovierung kam erst hinterher. Einmal von Grund auf.

Die Lektion war eindringlich gewesen. Und so brauchte uns auch niemand zu erklären, was wir tun mussten, als die bekannte Kreidezeichnung an unserer Haustür auftauchte: Eine Leiter, ein stilisierter Besen und das Datum: 18. April. Alles klar, dann würde in diesem Jahr der Schornsteinfeger kommen. Wir wappneten uns. Eine ausgeklügelte Konstruktion aus einem Plastik-Partyteller mit Gaffa-Klebeband und Metallummantelung aus Alufolie wurde von den erfinderischen Händen meiner mir angetrauten »McGyver«-Version eines männlichen Helden hergestellt, eingepasst, luftdicht verschlossen. Alle Hebel am Ofen stellten wir auf »Zu«, als ob das noch nötig gewesen wäre. Aber sicher ist sicher. Wir konnten kein Risiko eingehen. Nicht das allerkleinste Rußpartikelchen hätte illegalen Zugang zu unserer Wohnung gefunden. Stolz und beruhigt harrten wir der Dinge, die da schlotfegend kommen sollten – und wurden mit sauberen Wänden und Heimtextilien belohnt: Alles blieb strahlend – nicht nur sauber, sondern auch noch rein – und wir konnten aufatmend die geheime Verschlusssache wieder entfernen und uns ein gemütliches Feuerchen machen. Alles war gut gegangen. Wir hatten aus Schaden gelernt. Welch ein menschlicher Glücksumstand.

Heute ist der 19. April. Schon ganz früh am Morgen sitze ich an meinem Rechner in der Stube. Die Inspiration ist groß und mächtig. Sie hat mich zeitiger als sonst zum Romanschreiben geweckt. Frisch auf ans Werk, arbeite ich in Schlafanzug und blütenweißem Bademantel, ganz versunken in meine Idee. Da – ein Rumpeln! Ich ordne es im Unterbewusstsein den Hofkindern zu, die zu dieser Stunde schon ein Bobby-Car-Rennen fahren. Es klingt nur anders als sonst. Sie müssen ihre Rennwagen getuned haben...

Im Geist bin ich bei einer Liebesszene. Ich schwelge darin. Nur so ist es für mich zu erklären, warum ich erst aufmerksam werde, als es schon recht nahe meiner Zimmerwand rumpelt, nahe am Kaminrohr rumpelt, um genau zu sein. Ich schrecke jetzt hoch. Gerade rechtzeitig, um dieses Mal live Zeugin jenes surrealen Schauspiels zu werden, als – rings um den runden Abzug vom Durchmesser eines Fußballs – sachte grafitschwarze Schwaden hervor wallen – walle, walle, walle – um von da in die verbotene Zone zu schweben, unaufhaltsam, fast schön, wenn es nicht so grausam wäre.

Ich springe auf, reiße den Hebel nach unten, der das Ganze verschließen sollte, zu spät, ach, um so vieles zu spät! Dann zerre ich ein Bettlaken aus einem Fach, wickle es um den Austritt des Schornsteins, wickle eine ockerfarbene Übergardine noch darüber, als würde das jetzt noch etwas nützen. Der Ruß war schneller. Er liegt schon überall, als dunkler Zucker auf jedem Lichtschalter, jeder Türklinke – oh je! Ich schaue an mir hinunter und weiß, dass die erste Wäsche des Morgens meinem anthrazitfarbenen Bademantel gelten wird. Gebe es ein bitte vorhandener und mir wohlgesonnener Gott, dass der Frotteestoff wieder weiß werden möge. Das edle Stück ist ein Geschenk meines geliebten Mannes!

Danach erst fällt mir der Urheber dieser Überraschung ein: Jener Werktätige, der ja noch in Aktion sein musste. Jetzt kühles Blut bewahren, bloß nicht in Panik auch noch nackt aufs Dach rennen oder ohne Wohnungsschlüssel.

Am Ende stehe ich tatsächlich vor dem schwarzen Mann, dem – ha! – legendären Glücksbringer, angezogen, halbwegs ordentlich gekämmt und **mit** dem Wohnungsschlüssel in der Tasche meiner Jeans. Wie um alles in der Welt er denn heute fegen könne, am Tag »danach«!, schimpfe ich drauf los wie ein Rohrspatz. Der Mann scheint verwirrt zu sein: »Hab ick denn achtzehnter jeschrieben?«, fragt er fassungslos.

Aber logisch hat er das. Und nun ist er einen Tag zu spät gekommen, und nun habe ich die Bescherung. Inspiration adé. Heute bin ich Putzfrau. Eine im Hochofenbereich eines Stahlwalzwerkes oder so. Na ist doch wahr! Übertreibung veranschaulicht.

Okay, er bietet mir noch an, zu helfen. Im Auto habe er so einen Staubsauger, sagt er. Aber das Staubsaugen ist noch das Geringste der Übel, die nun zu bewältigen sind. Schlimmer ist die Feinarbeit – Heizungsritzen, Lampenschirme, Kissen, Decken und so weiter. Wie viele Waschmaschinentrommeln werde ich wohl heute füllen, durchrödeln lassen, wieder leeren...

Es ist keiner da, der mir das abnehmen kann. Tut mir leid, Herr Schornsteinfeger. Ich nehme zähneknirschend ihre Entschuldigung, jedoch nicht ihren tätigen Beistand an.

Stunden später habe ich es geschafft. Alles tut weh, aber ich bin auch ein bisschen stolz auf mich. Toughe Frau, hey! Da wird doch vielleicht sogar noch ein Kapitelchen für heute drin sein? Aber nein. Das ist zuviel der Kühnheit. Diese beiden Berufe lassen sich nicht miteinander vereinbaren. Eine Putzfrau solcher Härtefälle will zum Feierabend nur noch etwas essen, frische Luft atmen – der Ruß sitzt auch in meinen Lungen, ich merke es am staubigen Gefühl beim Einschnaufen – und dann ins Bett fallen. Keine einzige Gehirnzelle mag noch denken, geschweige denn etwas Literarisches erfinden.

Ich füge mich eben drein. Was hätte ich auch sonst tun sollen?!

In dieser Nacht schlafe ich wie ein Stein. Am anderen Morgen erwache ich voller Tatendrang und Lust zum Arbeiten. Heute läuft es, das kann ich spüren. Alles andere ist schwarzer Schnee von gestern. Schwamm drüber. Was mich nicht umbringt, macht mich stärker.

Es klingelt an der Wohnungstür.

Nein, nicht schon wieder eine Störung! Bitte – heute nicht. Aus reiner Neugier gehe ich doch nachsehen. Durch den Türspion sehe ich nur einen riesigen Blumenstrauß. Rosen, Gerbera, Tulpen, bunt garniert mit Gesträuch und Gekräuter. Zaghaft öffne ich die Tür.

»Ich bitte nochmals um Verzeihung«, sagt da ein rosa Mund inmitten einer schwarzen Umgebung. Das schmutzige Gesicht mit den leuchtend grünen Augen sieht schräg um das Bukett herum, zwinkert mir zu. Da muß ich lachen.

Schornsteinfeger bringen scheinbar wirklich Glück. Dieser hat mir immerhin eine Geschichte beschert.

»Danke!« sagt Ihre Schriftstellerin aus der Wohnung mit dem Kaminofen.

Sie wissen schon.

DU

Blau-grün, wie das Meer in der Sonne,

        so schön, dass ich darin versinke,

und mich treiben lasse, manches Mal bis auf den Grund.

Auch wenn Ufer und Oberfläche sich weiter entfernen,

verspüre ich keine Furcht, nur Neugier,

        und wohlige, warme Geborgenheit.

Ich lerne, mit dem Herzen zu atmen.

Seine Schläge sind mein Kompass, sie weisen mir den Weg

        auf einer Reise, die begann, bevor ich sie antrat.

(Jan Panier, Sommer 2012)

»Fehlt dir heute Tanzen? «

»Fehlt dir heute Tanzen?« Diese Frage war zum geflügelten Wort zwischen den beiden geworden, immer, wenn sie in der Nähe ihrer alten Tanzschule vorüberliefen oder auch nur annähernd dort – oder falls es gerade Montag war, ihr ehemaliger Trainingstag. Oder auch einfach, wenn sich einer von ihnen nur vergewissern wollte, ob alles noch in Ordnung war. »Fehlt dir heute Tanzen?« wurde immer beantwortet mit: »Nein, Tanzen fehlt mir heute überhaupt nicht.« Mal von ihm. Mal von ihr. Und es war immer wie eine Sicherheit, eine neuerliche Beruhigung. Tanzen fehlt mir nicht. Mach dir keine Sorgen.

Was war es denn für sie gewesen, dieses »Standard und Latein«, volle vierzehn Jahre lang? Ein gemeinsames Hobby, eine Aufregung. Eine Therapie fast, denn wo sonst haben sie so genau gespürt, wenn etwas klemmte zwischen ihnen, wenn sie einander buchstäblich »auf die Füße traten«, wenn sie sich einfach nicht auf ein und den selben Takt einschwingen wollten. Es gab viel zu lernen an diesen Montagabenden für sie beide. Allein schon diese schwere, schwere Übung für eine emanzipierte junge Frau wie sie: Beim Tanzen führt der Mann! Wie geht denn das? Wie soll sie denn so weit loslassen, um sich wie eine ihrer früheren Schwestern aus längst vergangenen Jahrhunderten einfach so seiner Kontrolle zu überlassen? Hingegeben, angeschmiegt, fortgeschmolzen. Oh je. Das entsprach so gar nicht dem, was sie in sich selber sah. Aber wie würde denn ein Tango wirken, bei dem sie die Hosen anhat?! Nein, das ging gar nicht. Also mühsam lernen. Ganz neue Lektionen lernen. Schier daran verzweifeln, aufgeben wollen, doch dabei bleiben und sich am Wachsen freuen, am Gelingen. Sich führen lassen, eine Einheit werden, eng beieinander doch jeder eigene Schritte tun und als Team an etwas Größerem, Gemeinsamen arbeiten. Tanzen ist ein Gleichnis für das, was eine innigliche Partnerschaft sein sollte. Ohne Liebe geht da gar nichts. Da tut man sich so etwas nicht an.

Sie kamen voran. Immer schöner harmonierten sie als Tanz- wie als Ehepaar, wurden auch manchmal bewundert von außen. »Wie macht ihr das?« Beim Tanzen. In eurer Ehe.

Dann war eines Tages Schluss. Sein Knie verdrehte sich in einer Walzerfigur ganz unglücklich. Mit einem Schmerzensschrei knickte er weg und musste sofort zu einem Arzt gebracht werden. Vom Parkett in den Rollstuhl über einem Klinikflur. Größer konnte der Gegensatz kaum sein. Es war nichts Unheilbares. Nur stauchen sollte er seine Knochen nach Möglichkeit nicht mehr, auf keinem harten Untergrund mehr springen. Wie auf einem Tanzboden. Zum Beispiel.

Die Wahrheit ist: Ganz unglücklich waren sie nicht, die beiden, als es so endete. Ihnen war, als hätte sein Knie ein Machtwort gesprochen, zu dem sie als Menschen nicht fähig gewesen waren. Zu lange schon hatte sich Unmut in das wöchentliche Training eingeschlichen, unaufhaltsam wie ein gelber Nebel. Immer mehr Paare tanzten in einem schmalen Raum. Nur der Stärkste konnte dort noch überleben. Nur die mit den ausgefahrensten Ellbogen bahnten sich noch Wege, um all ihre schon erlernten komplizierten Figuren weiträumig auszuführen. Immer öfter hatten unsere beiden – eher filigran, eher sensibel – am Rand gestanden und abgewartet, bis die Stampede vorüber gezogen war. Die Angst, einfach »untergepflügt« zu werden, ließ sich kaum noch verdrängen. Auch nicht in der immer länger werdenden Pause an der Bar, für sie jedenfalls nicht, denn sie gehörten nicht zu denjenigen, die ihre Gefühle im Sekt ertränkten. Und so freuten sie sich immer weniger auf die Montagabende und das gemeinsame Training, wollten es sich aber nicht so recht eingestehen. Er nicht. Sie nicht. Die Gegenargumente waren auch zu gewaltig. Der Körperkontakt, das Sich-Anfassen und Voreinander-Nicht-Wegrennen. Die schon eingespeicherten Schrittfolgen, das Beherrschen vieler schwieriger Sequenzen. Die Musik, die Bälle zu jeder Jahreszeit, die Freundschaft auch mit denjenigen, die diese Tanzschule betrieben. Nein, niemals hätten sie das freiwillig aufgegeben, wenn nicht sein Knie ihnen die Entscheidung abgenommen hätte.

Und nun war es soweit. Das Knie sollte geschont werden. Die zwei Liebenden fanden etwas Neues, eine sanft-stetige Übungsmethode, die ihnen noch tiefere Dimensionen erschloss, und gegen die sein Knie nur anfangs protestierte, bevor es ungeahnte Posen einzunehmen in der Lage war: Yoga. Das war nun etwas, das sie sich bis an ihr Lebensende vorstellen konnten, zu üben. Kein fremder Ellbogen verdrängte sie von ihren Matten, niemand bat mittendrin zur Bar. Ernsthaft, still, jeder für sich übte jeweils für zwei Stunden; und hinterher konnten sie einander nach Herzenslust auch wieder berühren. An den Händen – oder wo sie es sich auch sonst wünschten. Yoga war ein guter Ersatz für Cha Cha Cha und Jive. Kein Ersatz eigentlich, eher eine Weiterentwicklung. So würden die beiden das sagen, wenn jemand sie danach fragte. Manchmal fragt einer. Meistens aber nicht. Die Leute haben mit sich selbst zu tun.

Wie ein Ritual – denn vierzehn Jahre Tanzen sind auch kein Pappenstiel! – blieb ihnen jedoch diese eine Frage bis heute erhalten. »Fehlt dir heute Tanzen?« (Ist alles in

Ordnung mit uns?) Und die verlässlich-beschwichtigende Antwort darauf: »Nein. Tanzen fehlt mir heute überhaupt nicht.« (Mach dir keine Sorgen. Alles noch in Ordnung. Ich liebe dich auch.)

Neulich hatten sie einen schlimmen Streit. Ja, auch in einer glücklichen Ehe und auch nach vielen gemeinsam durchgestandenen Jahren, Betriebskostenabrechnungen, Steuererklärungen, Zahnarztbesuchen kommt so etwas durchaus noch vor. Hinterher hätte keiner von ihnen mehr genau sagen können, worum es eigentlich ging. Die Wogen schlugen jedenfalls hoch. Ein Wort gab das andere, sie fanden nicht zueinander, sosehr sie es auch versuchten. Ein gemeinsamer Spaziergang endete in einem Drama mit bühnenreifem Abgang. Er wendete sich in eine Richtung, sie in eine andere. Und fort gingen sie, auseinander, voneinander weg.

Zuerst fühlte sich das noch wie eine Erleichterung an. Eine Strecke allein gehen, wieder zu sich kommen, zur Ruhe zurück finden. Das hätten sie – jeder für sich – heute Abend zu zweit nicht geschafft. Zwei Menschen dampfen vor sich hin. Aus der Vogelperspektive sicherlich irgendwie lustig: Zwei ziehen eine gemeinsame Bahn, trennen sich dann, um unterschiedlichen Zieles voneinander fort zu streben, wie zwei Punkte in einem Computerspiel. Dies hier war jedoch kein Spiel, das war bitterer Ernst. Es wurde allmählich dunkel, und die Frau bekam Angst. »Es ist so schade um diesen Abend,« dachte sie, »verlorene Lebenszeit.« Er hatte unterdessen den Friedhof erreicht, studierte die Aufschriften auf Grabsteinen. »Schade um die gemeinsame Zeit«, dachte er. »Aber auch gut, dass ich mal meinen Kopf lüften kann. Ich verstehe nicht, was sie eigentlich von mir will.« Noch eine Weile später laufen ihr schon Tränen über das Gesicht. Sie versteht nicht mehr, wieso sie es vorhin nicht besser gekonnt hatte. Sie will nur noch, dass er da ist. Leise ruft sie seinen Namen, dann lauter. »Sei doch bitte hier«, fleht sie, und Fahrradfahrer drehen sich bereits nach ihr um. Aber er bleibt verschwunden, und sie läuft getreulich ihrer beider Spazierweg ab, immer stärker in der Hoffnung, dass er ihr entgegen kommen möge.

Sie muss lange, lange durch die anbrechende Nacht gehen, bis ihr Wunsch erfüllt wird. Als schemenhafte, zögerliche Gestalt von vorn taucht er tatsächlich auf, und sie bemüht sich, nicht zu schnell zu rennen. In seine Arme. Ach, in seine Arme. Zum Glück weist er sie nicht ab. Er umschlingt sie wie bei der Rumba und flüstert ihr Sachen ins Ohr, die ihr gefallen.

»Ist ja gut«, so klingt es. »Ist ja gut. Alles gut. Alles wieder gut.«
»Heute fehlt mir Tanzen!«, schluchzt sie ihm in die Halskrause hinein. »Heute – ja!«

Er nickt. Lockert sein Knie und versteht.

WAS ICH MAG

Ich mag den Duft eines Räucherkerzchens am frühen Morgen.
Die Stille, die ich zum Schreiben brauche. Freisein von Sorgen.

Wenn ich stark genug bin, um alles zu spüren.
Wenn Worte, Erinnerungen mich wirklich anrühren.

Ich finde es schön, wenn Gedichtzeilen sich nicht reimen;
Wenn neue Ideen für Bücher in mir beginnen zu keimen.
(hat ja super geklappt!)

Ich liebe den Mut zu nächsten Schritten.
Ich schmelze unter deiner Hand auf meinen - Hüften.

Das Beste am Leben ist für mich seine Tiefe.
Die Unsichtbaren, die da sind, als ob ich sie riefe.

Lieber Gott, lass mich bitte weiter so schlendern.
(ich schaffe es nicht, mit dem Sich-nicht-reimen...)
In meinem, in deinem, in anderen Ländern.

(Katrin Richter, 2012)

»Sauna«

Gestern habe ich erfahren, dass es sie nicht mehr gibt. Heute wäre das Ländle, das mein Heimatland war, sechzig Jahre alt geworden, und ich betrauere meine gute, alte Sauna. Seit zwanzig Jahren war ich dort Stammgast, zuerst allein und dann zu zweit, und nun hat sie für immer zugemacht. In meinem Kopf verbinden sich die beiden Ereignisse, sie haben etwas miteinander zu tun. So mitleidlos, wie mir das Land wegrutschte, tut es nun die Sauna. Ganz gegen meinen Willen, und ich kann nichts dagegen tun.

Ich schlief unruhiger heute Nacht und war mit meinem Geiste dort. In jenen Räumen, wo die Handtuchheizungen nun kalt bleiben, in jenen beiden Kammern mit den selbst gemalten Schildern: »Kein Schweiß aufs Holz!« und: »Schwitzen statt Schwatzen!« Befehle, die ich zwanzig Jahre lang oder sogar länger versucht habe, einzuhalten beziehungsweise zu denen ich auch andere Gäste versucht habe, zu erziehen. So eine Ader gibt es in mir, daß ich streng bin, und vor allem, wenn es um die Stille geht, die ich um mich herum zu brauchen meine.

Es muss ungemütlich sein, nun, dort, wenn die Saunaöfen nicht mehr beheizt werden, nicht mehr mit Aromen begossen, nicht mehr mit dem prallen Leben angefüllt. Ich denke, in einer nicht mehr betriebenen Sauna muss es ganz besonders eisig sein!

Warum tut es mir so weh, dass diese Tür mir nun verschlossen bleibt? Vielleicht, weil ich dort nackt war, im Evaskostüm und ganz natürlich? Ich fühlte mich dort sicher, gut aufgehoben, keineswegs verletzlich im Übermaß.

Ich war zwanzig und trat meine erste Arbeitsstelle an, entsprechend aufgeregt. Da hörte ich, es sei gut, auf die eigene Gesundheit zu achten: »Wir treiben hier Sport, und darum haben wir auch diese Sauna auf unserem Betriebsgelände.« Sauna ist doch kein Sport, dachte ich mit der Überheblichkeit junger, unversehrter Menschen gegenüber Älteren. Und ließ mich lange nicht dort blicken, wo die Kollegen sich nach Feierabend – manchmal auch davor – in der wohligen Wärme aalten und erholten. Wer will seine Kollegen schon nackig sehen! Am Eingang lag ein dickes Buch, da sollte sich jeder Schwitzer einschreiben. So konnte man als Neuankömmling gleich sehen, ob die Große Chefin etwa drin saß – und je nach Tagesform trotzdem hinein gehen oder wieder verschwinden. Eines Tages ging ich doch hinein, in diese Sauna, und damit entdeckte ich eine Leidenschaft, die nie mehr einschlief. Ich liebe Sauna, und nirgendwo sonst kann ich mich so entspannen, innerlich so wegdriften, mich loslösen von der Welt.

Die Betriebssauna war eine der ersten, die geschlossen wurden, das Gelände ebenfalls. Noch, bevor die DDR ganz vom Globus verschwunden war, war es dieses riesige Areal des Rundfunks, und verwirrt irrten wir eben noch so Abgesicherten durch die neue, mich sehr einschüchternde gesellschaftliche Landschaft.

Über kurz oder lang fand ich mich in einer stationären Psychotherapie wieder, und auch dort hieß ein ganz wesentlicher Programmpunkt: »In-die-Sauna-Gehen«. Das war weise, denn vorübergehend trübselige, zartbesaitete Leute wie ich erkannten während des heißen Rituals rasch, dass es etwas Wunderbares bewirkte: Die Stimmung hob sich, Endorphine tanzten Tango, die Welt war DANACH heller als DAVOR. Mehr brauchte ich nicht zu wissen; DAS wollte ich wieder haben. Wieder – und dann immer wieder.

Und so suchte ich mir nach meiner Therapieentlassung Saunakammern, kaum eine war vor mir sicher. Auf dem ehemals befreundeten Fernsehfunkgelände hielten sich zuerst noch drei, dann zwei, dann eine Sauna. Diese letzte erwies sich als zäh, wie das kleine gallische Dorf von Asterix und Obelix, das dem Niedergang ringsumher trotzt.

»Rudis Saunacenter« ging auch dann nicht unter, als Rudi selbst, sein Gründer, Rentner wurde. Rechtzeitig hatte er sich einen Nachfolger herangezogen, und der übernahm den Laden dann. »Rudis Saunacenter« hört sich gewaltiger an, als es war. Aber für mich reichte es vollkommen – und für den Geliebten später auch. Wir fanden dort alles, was wir brauchten. Eine ruhige, intime Atmosphäre, Heizungen unter den Sitzbänken und am Rücken, eine kleine Terrasse mit einem Swimmingpool, in dem von April bis Oktober auch tatsächlich Wasser war. Zwei Saunakammern, einfach, aber gemütlich. Aufgußöle, von denen einige – Honig, Lebkuchen, Erdbeer-Karamell – eine Zumutung, andere –Bier oder Slibowitz– nicht akzeptabel und einige wenige ein Hochgenuss waren. Grapefruit, Orange, Zitronenmelisse, Chinesische Käuter, und die Krönung: Saunagold. Wir Eingeweihten sangen dazu manchmal: »Baden mit Badusan, Badusan, Badusan...«, weil das Eukalyptus im mittels geschwungenem Handtuch verwedelten Nebel uns an jenen Badezusatz erinnerte, dessen Aroma wir schon als Kinder eingeatmet hatten.

Es muss auch erwähnt werden, dass es eine »Göttin« gab in jener Sauna. Eine Aushilfskraft, die vom Betreiber eingestellt wurde und sicherlich zum Himmel schreiend knapp entlohnt. Das ließ sie aber niemanden spüren. Im

Gegenteil, sie war eine jener Perlen, die jeden Laden, jedwedes Geschäft zu einer Oase machen. Sie strahlte aus: »Ich arbeite für mein Leben gern – und ganz besonders hier!« Und jeder Saft, den sie servierte, wurde zum Luxusgetränk, allein durch die Art, wie sie ihn kredenzte. Jeder Muskel entspannte sich schon beim Anblick ihres warmherzigen Lächelns, jeder Aufguss von ihrer Hand war, wie gesagt, die reinste Wonne.

»Rudis Saunacenter« hatte seine Stammkundschaft, zu der auch ich selber zählte, und das während zwanzig wichtiger, aufwühlender Jahre des Übergangs in eine neue Gesellschaftsordnung, deren Einzelheiten nicht zuletzt in der heißen Kammer besprochen, diskutiert und deren zugehörige Gefühle eben dort weidlich ausgeschwitzt wurden.

In eine Sauna gehen, empfinde ich wie ein Zurückkriechen in den Mutterleib. Vorübergehend der Welt adé sagen, sich verabschieden und einrollen in einen Uterus-Ersatz.

Der flache Plattenbau, in dem die Sauna sich befand, war früher eine Poliklinik. Ein Ärztehaus mit kurzen Wegen; Dermatologe, Zahnarzt, Allgemeinmediziner, gynäkologische Praxis, alles unter einem Dach. Dazu Friseur, Apotheke, Sanitätshaus und Kantine. Wer wollte, konnte ganze Tage hier verbringen. Und in der Sauna, wie gesagt.

Sie schien die DDR zu überdauern, diese Poliklinik, doch eines Tages begann doch ihr Niedergang. Es fing damit an, dass Ärzte auszogen, klammheimlich, und einer nach dem anderen. Irgendwann gab es die letzten Rühreier in der Kantine, den letzten Stützstrumpf im Sanitätsgeschäft, den allerletzten Haarschnitt – achtzehn Euro, wenn man selber föhnte – beim Friseur. Als eines Tages der Fahrstuhl außer Betrieb ging, die Toiletten abgeschlossen wurden und die Physiotherapeutin ihre Massageliege hinaus trug, war klar: Hier geht etwas unwiderruflich zu Ende, wie ich es schon von meinem Rundfunk kannte und von meinem gesamten Heimatland.

Zuerst war es nur ein Gerücht, dann bauliche Gewissheit: Genau gegenüber entstand ein neues, modernes, schickes Ärztehaus aus Glas und eleganter Stahlkonstruktion. Dorthin wanderten sie alle ab, die Doktoren, die Gastronomen, die Händler.

Nur Asterix und Obelix widerstanden, in jenem kleinen, aber immer noch beliebten »Rudis Saunacenter«. Am Ende war er – der Rudi-Nachfolger – der letzte, einzige Mieter in dem verwaisten Flachbau. Und wollte und wollte nicht weichen. Blieb Jahr um Jahr, sehr zur Freude seiner Stammgäste. Sehr zu meiner Freude.

Als ich nicht mehr alleine schwitzte, sondern mit dem Liebsten, da machten wir es zu unserem Ritual: Immer sonntags, nach dem späten Mittagessen und vor dem Tatort-Krimi im Fernsehen, da zogen wir in die Sauna. Zuerst fuhren wir noch mit unserem Auto hin, dann mit der S-Bahn nachdem wir das KfZ abgeschafft hatten – aus Kostengründen. Die Sauna konnten wir uns aber immer leisten, wir leisteten sie uns einfach und geizten nicht. Vierfarbige Getränke von der Göttin Hand serviert; Selters, Pampelmusen- und Tomatensaft, Cola, manchmal Kaffee. Knacker mit Senf und Brot, das sparte das Abendbrotmachen zu Hause.

Alle wussten sie schon Bescheid, Familie und Freunde, dass es zwecklos war, uns Sonntagnachmittags zu besuchen oder anzurufen. Das war unsere heilige Zeit, in Rudis Sauna.

Dann ging die italienische Kaffeemaschine im Saunacenter kaputt und wurde nicht repariert. »Ein Zeichen!«, raunten wir einander in der halbdunklen, heißen Kammer zu. »Es lohnt sich wohl nicht mehr. Wie lange wird er bloß noch durchhalten, in dem brüchigen Gemäuer?!«

Kurz darauf wurde am Samstag nicht mehr geöffnet. Uns konnte es egal sein, wir hatten eh' den Sonntag. Aber etwas warf seine Schatten voraus, und wir spürten es alle. »Laßt es uns heute noch genießen!«, tröstete einer den anderen oft, »Wer weiß, wie lange es diese Sauna noch gibt.«

Rückblickend betrachtet, hat sie lange durchgehalten. Sehr viel länger als manch anderes Geschäft, das die Wendezeiten kaum auf Dauer überstehen konnte. Und nun ist zu.

Zuerst gab es auch die Sonntage nicht mehr. Es lohne sich nicht mehr – zu wenige Kunden – und der ganze Sommer stehe vor der Tür. Von Juli bis Oktober, ganze vier Monate lang, heizte Rudis Nachfolger nun nur noch montags bis freitags seine Saunaöfen an.

»Der jammert auf hohem Niveau.«, sagten wir enttäuscht. Wir wussten ja, was allein wir Sonntag für Sonntag dort ausgegeben hatten, und wir waren nur eines von mindestens fünf Ehepaaren plus Zufallsgästen, die immer kamen.

»Das tut man nicht!«, sagten wir auch. »Seine Stammgäste so vor den Kopf stoßen.« Aber Rudis Nachfolger hatte wahrscheinlich schon längst andere Sorgen, die er nicht mit uns teilte, und die ihn vom freundlichen Geschäftsgebaren abhielten. Er entließ die Göttin, und damit verlor seine Sauna ihre Seele.

Den Sommer verbrachten wir improvisierend in verschiedenen anderen Saunen und hatten an jeder etwas auszusetzen. Keine war so voller Geborgenheit wie »Rudis Saunacenter«. Und regierte mich zuerst der Trotz – »Wer mich so behandelt, der sieht mich niemals wieder!« – regte sich in letzter Zeit doch ein sanfteres

Empfinden. Zaghaft befragte ich den Freund ein um das andere Mal: »Sag mal, wie ist das eigentlich für dich? Würdest du dem Rudi-Nachfolger eventuell noch einmal eine Chance geben?« Und der Liebste nickte. Er habe auch schon darüber nachgedacht. Und die bevorstehenden Wintertage ohne unsere Sauna, die erschienen ihm doch reichlich öde. Wir waren also drauf und dran, als nächstes diese Hürde zu nehmen, einen neuen Anfang zu machen und telefonierten schon mal heimlich in unser Saunacenter – jeder für sich – wo aber niemand abnahm, die Göttin schon gar nicht.

Gestern nun, in einer anderen Sauna, verbreitete es sich wie ein Lauffeuer. Ich lag kaum auf den Brettern, da erzählte es mir schon eine Frau: »Bis letzte Woche war ich regelmäßig in ›Rudis Saunacenter‹, kennen Sie das? Gestern Vormittag standen wir dort – unser Damenkränzchen, das sich seit zwanzig Jahren immer montags dort versammelt – vor verschlossener Tür. Er hat uns nicht vorgewarnt! Nur ein Zettel klebt an der Eingangstür, auf dem steht, dass ab heute die Sauna geschlossen bleibt. Mehr nicht. Jetzt müssen wir uns alle etwas Neues suchen. Ich weiß gar nicht, was die anderen Frauen tun. Ich muss sie heute Abend alle anrufen.«

Jene andere Sauna reagiert schnell. Der größte Konkurrent ist weg, nun öffnen sie dort ab sofort jeden Tag zwei Stunden früher, führen auch die Frauentage wieder ein, die sie bereits abgeschafft hatten. Fragen sehr freundlich, ob es mir gefallen hat, ob ich mich gut erholt habe, ob ich gerne wiederkäme. Das hast du nun davon, Nachfolger von Rudi! Ich wäre dir treu geblieben, wäre in deiner Sauna gern gealtert. Hätte mich nie ausgeliefert gefühlt ohne Kleider, hätte nicht gespart am Essen und am Trinken.

Nun fühle ich mich eigenartig obdachlos, so ohne Stammsauna.

Rudis Nachfolger und die Göttin wussten, warum Alkohol für mich nicht geht; sie freuten sich mit mir, als mein erstes Buch erschien und fingen mich auch auf, wenn ich Strohwitwe war.

Es geht um die Vergänglichkeit.

Es geht darum, dass Dinge, Menschen unwiderruflich aus dem eigenen Leben verschwinden. Hinterher weiß man erst, wie sehr sie einen getragen haben. Das blödelnde Geplänkel mit den Schwitzern und Schwitzerinnen, das Schwimmen im Pool, das Schmökern in den bunten Zeitungen die dort auslagen, das Sich-Aufregen über rücksichtslose Gäste auch, selbst das! Vielleicht habe ich schon zu viele Verluste hinnehmen müssen – an Liebe, Land, Beruf, Leib und Leben – um nun auch diesen noch verkraften zu können. Ausgerechnet, dass es »Rudis Saunacenter« nicht mehr gibt, ich nun definitiv dort nicht mehr einkriechen kann, weckt dunkelste Trauer in mir. Habe ich um all das andere nicht genug getrauert, dass eine bankrotte Sauna mich jetzt so tief erwischt? Bin ich mit meiner Geduld am Ende?

Ob es hilft, mir einzelne Bilder noch einmal – nun gerade! – ins Gedächtnis zu rufen?

Als ich mit meiner Tochter dort war, an ihrem Geburtstag, und die anderen Damen ihr ein Stück Torte abgaben. Als sie uns für Schwestern hielten, nicht für Mutter und Tochter, was mich freute und die Tochter säuerlich ihr Gesicht verziehen ließ.

Immer, wenn wir sonntags als letzte Gäste gingen und uns von der Göttin verabschiedeten, schauten wir zur Sicherheit erst nach, ob auch ihr Beschützer schon eingetroffen war. In dem leeren Haus, so ganz allein wollten wir sie nicht zurücklassen. Aber er traf zuverlässig ein, ihr Beschützer, und er ging ihr beim Putzen jedes Mal zur Hand.

Und damals, als ich an einer Radiosendung über das Phänomen Sauna bastelte, da nahm ich kurzerhand mein Mikrofon samt Aufnahmegerät mit in die heiße Kammer, interviewte dort, direkt vor Ort, zuerst die Männer und dann die Frauen. Es war ein Riesenspaß für uns alle, und die fertige Sendung hörten sich alle an. Es dauerte lange, bis ich wieder inkognito war.

Jetzt bin ich fast drüber hinweg.

Es wird weitergehen, Saunen gibt es ja genug. Nach einiger Zeit werde ich in irgendeiner anderen Wurzeln schlagen, denn ohne Sauna geht es nicht.

Land weg, Arbeit weg, Sauna weg.
Aber mich, mich gibt es immer noch.
Und den Geliebten.

Die Freundin sagt:

»Du fehlst mir.«

Aber ich kann es ihr nicht rechtmachen.

Sonst fehle ich mir.

(Katrin Richter, August 2011)

»Namensänderung«

Ich habe meinen Namen geändert und weiß nicht mehr, warum. Es ging auf einmal alles so schnell! Ich stellte nur kurz eine Anfrage ans Amt, und die Ereignisse überschlugen sich. Jetzt heiße ich so, wie mein Angetrauter heißt; und ich darf langsam, langsam in meine eigene Entscheidung hineinwachsen wie in ein neues Hemd. Binnen vierundzwanzig Stunden hat sich der Familienname geändert, den ich fast dreißig Jahre lag trug und dann immer noch weiter mit trug, und mir ist, als hätte eine gewaltige Düse mich kraftvoll hier hindurch gepustet. Ich klopfe mir gerade den Staub von den Kleidern ab und stehe wieder auf, die Ahnung frischer Kraft und neuer Freude schon in mir. Was ist mir da geschehen?

Halten Sie etwas von Doppelnamen?

Ich entschied mich für einen, als ich damals, vor fünf Jahren, heiratete und sowohl dem Liebsten angehören als auch auf meinen Buchdeckeln weiterhin erkennbar sein wollte. Fünf meiner geistigen Babies ziert jetzt der Name mit dem Bindestrich, und es war in Ordnung so – jedenfalls, so lange es das eben war.

Der offizielle Ausdruck dafür, was ich getan habe – oder was sog-artig mit mir geschehen ist – ist: »Einen Doppelnamen widerrufen.« Ha, ich widerrufe! Das klingt gewaltig, historisch und revolutionär. Vor knapp vierhundert Jahren wurde Galileo Galilei, der italienische Mathematiker und Physiker, von der Inquisition der römisch-katholischen Kirche zum Widerruf gezwungen! Er sollte seinen angeblichen Irrlehren abschwören und hat es auch getan, weil er überleben wollte. Längst ist er rehabilitiert; seine Lehren gehören zum allgemeinen Menschheitswissen.

Naja, ich stand nicht unter Folter, und es bestand auch keine Gefahr für mein Leben. Dennoch fühlte ich seit Monaten, dass dies aus Gründen wichtig werden würde. Ich müsste mich bekennen, noch deutlicher bekennen als damals am Tag unserer Hochzeit. Will ich nun, oder will ich nicht? Bin ich nun, oder bin ich nicht sein Eheweib? Der verdoppelte Name war und blieb ein Kompromiss, eine Unentschlossenheit, die es noch zu bereinigen, zu klären galt. Das sagte mir mein Herz, flüsterte mir mein Instinkt. Darum ist es ja jetzt auch so gewöhnungsbedürftig. Herz und Instinkt zählen nicht viel auf Ämtern, in Büros. Ich kann sie nicht befriedigend erklären, meine Entscheidung – mit Eckdaten, Fakten und begründbarem Termin; ich stütze mich auf ein tieferes Wissen, für das ich mich nicht rechtfertigen kann – zum Glück ja auch nicht rechtfertigen muss.

Dieses Bekenntnis ist weiblich. Der Herzensmann trägt – unfassbar genug für mich – seit seiner Erdengeburt ein und den selben Namen. Männliches Schicksal, falls nicht etwas wirklich Umwälzendes geschieht: Er heißt eben so, wie er heißt, und das die ganzen Jahre über. Er kennt es gar nicht, dieses Gefühl, sich zu benennen, umzubenennen, bewusst in neuer Weise einen Namen anzunehmen. »Dafür kenne ich ja auch nicht das Gefühl, Kinder zu bekommen.«, brummelt er in seiner eigenen Logik, als ich diese Feststellung laut mache.

Gestern schoss mir der Gedanke durch den Kopf: Ist das die letzte Domäne der Frauen, ihre Macht und ihren selbstbewussten Willen auszudrücken, dass sie sich gefühlte Namen geben?

Es ist ebenso emanzipiert, als Single Woman den ursprünglichen Namen der Eltern wieder anzunehmen –

oder eine Bindestrichkette in der Reihenfolge des Auftretens der handelnden Personen – wie es emanzipiert ist, wenn Eine, die echte Liebe fand, aufrechten Rückgrats sich so benennt wie der Gefährte. Da sollte sich Keine von außen hineinreden lassen, von niemandem. Mein Herz liegt im Verborgenen, das kann ich nur selber befragen. Und, weiß Gott, das habe ich getan. So etwas breche ich nicht übers Knie.

Angst vor der eigenen Courage, das ist meine Zwillingsschwester, und gestern hat sie sich wieder zu mir gesellt. Sie hatte keine Eile. Sie blieb den ganzen Tag und über Nacht.

Es ist ja nicht clever im akzeptierten Sinne, so etwas zu tun. Es gibt keinen sachlichen Grund in Gestalt eines einzuhaltenden Datums oder einer schlauen Erwägung. Nichts dergleichen!

Ich folge einer unsichtbaren Notwendigkeit, die so ungreifbar ist, dass ich unterwegs selbst vergesse, was ich eigentlich hier wollte, und warum ich wie an einer Schnur gezogen mitten durch die alte Angst hindurch gehe, ein weiteres Mal in meinem Leben.

Und ich gehe buchstäblich, im Wortsinne, also Schritt für Schritt.

Alles geschieht in rasendem Tempo, und doch habe ich genug Zeit, um mich zu besinnen. Ich wähle mir den liebgewordenen Spazierweg an der Spree dafür. Warm eingepackt in diesem Polar-Winter in Berlin, setze ich meine Füße über festgebackenen Schnee, harsches Eis, durch die Flockenstürme, die mir das Gesicht massieren. Oh ja, massiert mich, bitte! Ihr kommt mir grade recht! Heißgelaufener Kopf, der gekühlt werden muss, um nicht durchzubrennen wie eine Sicherung. Ich habe Angst, alles geht mir zu schnell, und doch ist mir nicht nach Flüchten, nicht einen Augenblick lang. Etwas in mir ist völlig einverstanden mit dieser Rasanz der Ereignisse. Ein Fall für mein Motto: »Wo die Angst ist, da geht es entlang.«

Bei Burger King in der unteren Etage der Restauration »Eierschale« am Altberliner Biergarten Zenner kehre ich kurz ein, um das Örtchen aufzusuchen. Ich sauge alle möglichen mir irgend wahrnehmbaren Zeichen und Hinweise auf: Wollen die Götter mich im letzten Moment noch hindern, oder wollen sie mich weitertragen, beflügeln?

Aus dem Lautsprecher singt der Sänger von Culcha Candela mir aus der Seele: »Sie macht mir Angst, doch ich weiß, was ich will.« Das ist genau, was ich empfinde:

Sie macht mir fürchterliche Angst, meine eigene Entscheidung, doch ich wusste noch nie so klar und so genau, was ich will.

Ich lasse einen Namen los, den ich fast dreißig Jahre lang trug. Meine Kinder heißen so, auf neun Büchern steht er geschrieben, und doch nehme ich ihn nicht länger mit. Das löst vieles aus in mir, Ängste, schreckliche Befürchtungen, Dämonenaufstand.

Dennoch ist es gut und richtig so. Für mich.

Manchmal kommt mir der Verdacht, dass ich von allen Seiten angefallen werde, wenn ich eine eigene und selbstbewusste Entscheidung wie diese treffe. Von meiner Vergangenheit, von der Geschichte, vom Feministischen sogar! Ein Mann würde so etwas nie tun, und außerdem würde es ihm auch nicht so leicht gemacht wie einer Frau, sagt ein emanzipierter Freund zu mir. Vorwurfsvoll, will mir schier scheinen. »Und deine Kinder? Und deine Bücher?«, sprechen Menschen direkt in meine wunden, wunden Punkte hinein. Das ist bemerkenswert, finde ich: Wenn ich selber wackelig bin, unsicher innen drin, dann spiegeln mir die anderen prompt diese Dinge...

»Nobody knows you when you down and out.« Ja, vielen Dank, lieber Eric Clapton. Diese Beobachtung habe ich auch schon machen können.

Und dann, wenn es mir wieder besser geht, wenn ich frisch und erneuert aufgestanden bin, dann kommt auch Zuspruch von außen. Ich hätte es gern umgekehrt: »Das ist doch gar nicht schlimm!«, oder: »Das hast du völlig richtig so gemacht!« Aber das gilt nicht. Gilt jetzt nicht mehr, für eine eindeutig Erwachsene. Außerdem stimmt es so auch nicht, so schwarz und so weiß voneinander abgetrennt! Inzwischen tauchen auch menschliche Engelwesen auf in meinem Leben, die mir durch dunkle Täler hindurch helfen. Und sie sind immer noch an meiner Seite, wenn ich mich wieder aufrappele und die neuen, lichteren Berghänge erklimme. Das ist auch so mit dieser Namensgeschichte. Ich darf hier Freunde haben, die von Anfang an verstehen, warum ich das so tat und nicht anders, und warum ausgerechnet jetzt.

Es ist mein Bekenntnis zu dem Kostbarsten, was ich in diesem Leben fand. Liebe.

Kennen Sie diesen Vierzeiler eines unbekannten Dichters aus dem Mittelalter?:

> *Ich bin – ich weiß nicht, wer.*
> *Ich komme – ich weiß nicht, woher.*
> *Ich gehe – ich weiß nicht, wohin.*
> *Mich wundert, dass ich so fröhlich bin.*

Das trifft es genau. So fühle ich mich.

Heute ist es nun genau eine Woche her, dass ich in diesem schmucklosen Haus mit den hohen, kahlen Gängen durch diese Bürotür ging und dann schneller meinen Nachnamen wechselte, als meine Seele es verkraften konnte. Das muss ich genauer erzählen. Also los.

Wieso rennen sie eigentlich so? Die Damen hier im Standesamt sind im Laufschritt unterwegs. Aus mir unerfindlichen Gründen reißen sie Türen auf, werfen über die Schulter noch irgendwelche Schlüsselworte hinter sich, um klappernden Absatzes über den Flur zu eilen und hinter einer nächsten aufzureißenden Tür zu verschwinden. So geht das die ganze Zeit, die ich da auf dem kalten Plastikstuhl sitze und warte: immer kreuz und quer, hin und her, nach einem geheimen Plan und Muster.

Die Dame, zu der ich soll, sieht aus wie eine reife Jugendliche. Jeans, T-Shirt, dichte schwarze Locken auf dem Kopf, schwungvoller Auftritt. Bei den letzten Weltfestspielen könnte sie FDJ-Sekretärin gewesen sein, denke ich später – und wie kam ich wohl darauf?! Erstens sitzen außer mir nur Dunkelhäutige, teilweise finster Blickende, im Wartezimmer, mit denen sie souverän und locker umzugehen weiß. Zweitens steht in ihrem Zimmer ein Sternrecorder. Das ist ein Erkennungszeichen meiner Generation; einen Sternrecorder hat damals im Prinzip jede und jeder von uns zur Jugendweihe bekommen, ein begehrtes Teil wie heute ein iPad oder ein Smartphone. Ohne Sternrecorder gehörtest du nicht richtig dazu, denn womit hättest du sonst heimlich »Schlager der Woche« mitschneiden sollen oder »Pop nach Acht bis Mitternacht« auf dem Bayerischen Rundfunk, wo ein unbekannter, aber verwegener Jungmoderator namens Thomas Gottschalk seine Platten auflegte und launig kommentierte. Ich höre sie heute noch, meine Lieblings-Musik-Abfolge. Meistens fehlten die Anfänge der Songs, weil ja eine gewisse Ladehemmung das Gerät und meine Finger auszeichnete, bis wir aufnahmebereit waren. »Nights in white satin«, dann kam »Hello« von Lionel Ritchie, »Silvias Mother«, ein Lied zum »In-der-Badewanne-Versenken«, wie Thomas Gottschalk mir erzählte; »The leader of the pack«, »Yesterday« und »Blackbird« von den Beatles. Fast möchte ich jetzt aufstehen, um die lockige Bürodame herumgehen und auf den bekannten Einschaltknopf des Sternrecorders drücken, insgeheim hoffend, dass meine ins Hirn gespeicherten persönlichen Charts dann abermals erklingen werden. Aber ich signalisiere ihr nur die Solidarisierung: »Oh, ein Sternrecorder!«, und sie nickt kurz, aber unverbindlich. Von mir lässt sie sich nicht einwickeln, wir haben Wesentlicheres zu tun. »So. Bitte hier unterschreiben...«, und als ich das getan habe, ohne weiter nachzudenken, konstatiert sie: »Ihr neuer Name gilt ab jetzt, sofort. Und es gibt kein Zurück.« Au weia. Das ging schnell.

Was hatte ich denn erwartet? Dass ich ein Antragsformular ausfüllen müsste und danach der Vorgang mindestens vier Wochen dauert?! Dass ich noch eine Bedenkzeit bekäme, ein Gespräch vielleicht, von Frau zu Frau, wenn wir schon den Sternrecorder beide kannten. Dass sie sich mir fürsorglich und therapeutisch zuwenden und fragen würde: »Haben Sie sich das auch reiflich überlegt?« Nichts dergleichen. Kaum hat sie meine Unterschrift, springt sie auf und rennt schon wieder aus ihrem Büro hinaus, über den Gang, in eine andere Tür hinein, aus der gerade ihre Kollegin – klapper, klapper – herausgedüst kommt. Sie müssen eine Lauf-Verkehrs-Ordnung befolgen, sonst würden sie mehrmals am Tag zusammenstoßen. Aber offenbar gibt es Absprachen, denn sie ziehen ihre Bahnen, und am Ende habe ich ein Blatt Papier in der Hand, auf dem mein neuer Nachname geschrieben steht. Beschlossen und verkündet. Und der Sternrecorder schweigt dazu, spielt nicht freundlicherweise den Lionel für mich zum Troste ab. Ich rase noch zur Kasse und wieder zurück – das hier herrschende Tempo hat mich schnell angesteckt – und dann stehe ich wieder draußen im Berliner Winter und lechze nach einem Liter Mineralwasser. Die Zunge klebt mir im Hals,

Kopfschmerzen kündigen sich an, alles steht unter Druck. Bei »Netto« gegenüber stehen lange Feierabendschlangen an den Kassen. Ich schraube meine Seltersflasche noch vor dem Bezahlen auf und trinke, trinke. Dies hier ist ein Notfall. Ich bin im Ausnahmezustand nach einem Schock. Bei mir ist die Veränderung in ihrer ganzen Wucht und Tragweite noch gar nicht angekommen. Gibt es mich eigentlich noch? Oder beginne ich schon, mich aufzulösen? Sieht man es mir an, dass ich nicht mehr so heiße, wie ich noch vor einer Stunde hieß?

So war das an diesem Tag. Zwischendurch vergaß ich immer wieder, wieso ich das eigentlich gemacht hatte, und die verständnislosen Reaktionen mancher Zeitgenossen machten das auch nicht gerade leichter. Es sagt sich so leicht: »Was andere denken, kann mir doch egal sein!« Aber das umzusetzen, das tatsächlich auch zu leben, damit fängt es eigentlich erst an. Darum sind mir Menschen, die reflexartig Ratschläge aus ihrer theoretischen Weisheit heraus geben, auch so herzlich suspekt. Ich mag es lieber, wenn Leute eigene, lebendige Erfahrungen mit mir teilen, wenn sie bei sich bleiben und nichts sagen zu solchen Dingen, die sie nicht am eigenen Leibe kennen gelernt haben. Das gilt natürlich umgekehrt auch gleich für mich! Ich sollte auch nicht ungefragt und aus dem angeeigneten Wissen heraus andere mit Ratschlägen erschlagen. Aber falls mal jemand nach fast dreißig Jahren den Namen seines Exmannes ablegen will, wenn eine Frau den Doppelnamen abstreifen will wie eine alte Haut, dann könnte ich jetzt eine blutvolle, selbst gemachte Erfahrung mit ihr teilen. Es geht tiefer, als ich dachte. Und auch, wenn ich wirklich dazu stehe, ist so ein Schritt nicht leicht, er hat Folgen.

Es ist wichtig, wie man heißt. Ich würde nicht zurück wollen, hätte ich die Möglichkeit dazu. Aber voran ist auch mit Nachbeben verbunden, mit Angst vor meiner eigenen Courage.

Am Ende dieses Tages stand der Blick in das geliebte Gesicht. Ja, mein Geschenk war angekommen, er freute sich sehr. »Eine selbstbewusste, erwachsene Entscheidung!«, sagt der Nutznießer derselben, mein Gefährte. »Jetzt muss ich dich mit IHM, dem Vorgänger, nicht länger teilen.«, sagt er auch. Und schließlich: »Das könnte dich am Ende auch befreien.«

So versuche ich, es zu sehen. Ich verabschiede mich von einem Namen. Ich habe dich fast dreißig Jahre lang getragen, du Name. Meine erwachsenen Kinder heißen so, auf neun meiner Bücher stehst du. Aber jetzt nehme ich dich nicht mehr länger mit.

Ich erfinde mich eben neu, mache mich rar und tauche unter anderen Vorzeichen wieder auf.

Keiner ist da, der sagt: »Hast du fein gemacht. Das war richtig.«

So ist das mit den erwachsenen, eigenen Entscheidungen. Da muss man dann selber durch, das habe ich mir eingebrockt, und gegen dieses Wissen ist kein Kraut gewachsen.

Ein Weiser würde vielleicht sagen, dass wir noch viel mehr loslassen müssen, dass dies nur ein schwacher Vorgeschmack davon gewesen ist. Mag sein. Mag sein. Ich gehe Schritt für Schritt weiter und bin entschlossen, meinen Frohsinn nicht dabei zu verlieren. Beziehungsweise, ihn wenigstens immer wiederzufinden.

Am Tag danach bekam ich eine tiefe Einsicht beim Spazierengehen geschenkt. Ich lief so vor mich hin, schlenderte, das gestrige Geschehen noch verarbeitend, meine Bahn entlang, als plötzlich dieser Gedanke da war: »So ist es auch beim Sterben!« Zuerst will man nicht loslassen, das Ego gerät in helle Panik: »Jetzt verlierst du

dich, verlierst du alles! Es bleibt nichts von dir übrig.«
Und dann muss man doch nachgeben, sich hingeben,
einwilligen, Ego oder nicht. Um endlich voller Glücksge-
fühl – geradezu Extase – zu bemerken: »Ich bin ja immer
noch da! Das Wesentliche bleibt.«

(2009)

Sehr weise die erste, sie irrt sich nicht mehr.
Oft ist sie lebendig, und doch immer tot.
Unsichtbar handelnd, durchdringt bis ganz unten,
Minen verlegt sie, schon brennende Lunten,
auch wenn sie oft weh tut und manches Mal droht,
liebt sie dich sehr.

Nicht sichtbar die zweite, obwohl sie so nah.
Umgibt dich gerade, auch jetzt noch und jetzt.
Sie stellt die Rätsel und füttert die Weise,
gibt dich nicht frei und verändert ganz leise,
nimmst sie nicht wahr, wenn du ständig nur hetzt,
aus Trotz bleibt sie da.

Die dritte ein Nebel, Konturen darin.
Weckt Hoffnung und Glaube und Bangen und Angst.
Jagst du ihr nach, verlierst du die Zweite,
bekommst sie auch nie, sucht immer das Weite,
weil nur mit der Zweiten du zu ihr gelangst,
nur Anschauen hat Sinn.

(Jan Panier, 2012)

»Buchverborgung«

Ich habe ein Buch verborgt. Und nun bekomme ich es nicht wieder. Das hätte ich wissen müssen. Hätte ich es wissen müssen? Was trieb mich denn dazu?

Es war Januar, und vielleicht hatte ich am Anfang eines neuen Jahres gute Vorsätze. Mag sein. Jedenfalls – ich schaute wie so manches Mal in jenes Internetforum einer weisen Frau. Dieser Hunger in mir nach Anregung, nach guten Gedanken, nach Inspiration, der ist einfach nicht zu stillen, und er bricht sich Bahn, wo immer sich eine Quelle aufzutun scheint. An jenem Wintertag fand ich in jenem Forum den Hilferuf eines Mannes, Thorben. Er suchte ein gewisses Büchlein, das die weise Frau über die Liebe verfasst hat, und ich konnte Thorben gut verstehen. War ja selber froh, im Besitz dieser kleinen tiefen Schrift zu sein. Über Liebe ist schon sehr vieles geschrieben worden – auch von mir, wie ich bemerken darf – aber es wird niemals genug sein. Also: Dieses Thema »Liebe«, mein Verständnis und das vor uns liegende neue Jahr – alles zusammen brachte mich dazu, Thorben zu antworten. Ja, ich habe dieses seltene, kostbare, nicht mehr zu bekommende Buch in meinem Besitz, und ich wäre durchaus bereit, es ihm zu schicken. Die weise Frau selbst hatte erlaubt, dass es eingescannt, kopiert, vervielfältigt werden darf.

Thorben zeigte sich hoch erfreut und E-mailte mir seine Postadresse.

Er schrieb warmherzig und lieb, auch besorgt über eventuellen Verlust der Rarität. Ob ich das Werk nicht lieber per Einschreiben zu ihm senden wolle, er bezahle

---

gern das Porto dafür. Was für ein lieber Mensch!, dachte ich, zerstreute seine Bedenken und packte mein Päckchen an ihn. Es ging auch nicht verloren, kurze Zeit später lag es bei ihm in Bielefeld im Briefkasten.

Bielefeld! Schon diese Stadt flößt mir Vertrauen ein.

Aus meiner Sicht wohnen dort sehr fortschrittliche Menschen. Kurz nach der Zeitenwende lernte ich Brüder und Schwestern aus diesem Landstrich kennen, und sie erwiesen sich als fürsorglich. Sehr motiviert, mir, der erst noch in der neuen Gesellschaft Ankommenden, einen Weg zu ebnen, kümmerten sie sich um mich und halfen mir über so einige Hürden hinweg. Danke euch an dieser Stelle. Ihr seid wirklich ganz besondere Freunde. Und ihr schickt mir heute noch zu jedem neuen Bucherscheinen einen biologisch einwandfreien Rosenstrauß. Bei manchen Verbindungen spielt es keine Rolle, wie oft man einander sieht. Es genügt zu wissen, der jeweils andere ist da, falls man in Not wäre. Solche seid ihr. Ich schätze mich glücklich, euch zu kennen. Daher also meine Sympathie für Bielefeld und Umgebung, für die Leute, die da leben. Sie gründen Zukunftswerkstätten, denken voraus, machen auf der Erde nichts kaputt. So einen Bonus haben sie in meiner Vorstellung und aus der Freundeserfahrung her.

Und nun Thorben. Kaum war mein Büchlein in seinem Besitz, wurde es still um ihn. Irgendwann im März fragte ich nach, und er antwortete, er käme im Moment nicht dazu, und wann ich das Schätzlein denn zurück bräuchte.

Das berührte mich seltsam, ich gebe es zu. Andere müssen ja nicht meine Wertvorstellungen haben, aber – hey – die Bielefelder!!!

Wenn mir jemand einen solchen Gefallen erwiese, ich würde mich wahrscheinlich überschlagen, um so rasch wie möglich das Geborgte wieder zurückzugeben und sein Vertrauen zu rechtfertigen. Aber darf ich das auf andere übertragen? Darf ich nicht. Nein. Also sagte ich: »Spätestens im Mai«, übte ich Geduld und fragte mich im Stillen, ob ich es genau deshalb vielleicht sogar so entschieden hatte: Um Geduld zu üben. Und Vertrauen.

Zu Ostern schickte ich einen Gruß und eine sanfte Erinnerung.

Ja, schrieb mir Thorben, nunmehr habe er das Büchlein eingescannt, müsse nur noch den Text gegenlesen, weil beim technischen Vorgang einzelne Buchstaben verloren gegangen waren. Auch, wenn ich das im einzelnen nicht so ganz verstehe, ich nehme es hin und übe leise weiter. Geduld und Vertrauen. Sie wissen schon.

Zu Pfingsten frage ich erneut nach.

Jetzt wache ich schon frühmorgens zu einer Unzeit auf, weil ich mich so ärgere. Thorben meldet sich nicht mehr. Kein Päckchen ist in meiner Post. Was nun? Soll ich mein geliebtes Buch über die Liebe abschreiben?

Wollte ich enttäuscht werden? Ent-täuscht, sozusagen. Das Ende einer Täuschung? Die Welt war ganz und gar nicht so, wie ich sie gern gehabt hätte, schrieb ich einmal in den Klappentext eines meiner Bücher. Liegt darin der Kern dessen, was ich wieder einmal hatte erfahren wollen: Mein elendes Gutmenschentum, das sich einfach nicht ausmerzen lässt? Immer wieder gehe ich meinem eigenen Idealismus auf den Leim, meiner alten Sehnsucht nach Geborgenheit auf dieser Welt, die sich in Dingen ausdrücken soll, die ich dafür vorgesehen habe. Im Verhalten von ganz bestimmten Menschen aus Bielefeld, zum Beispiel. Nein, so funktioniert es nicht, meine liebste Katrin. Damit wirst du immer wieder auf die Nase fallen. Begreif es endlich. Das Leben ist kein Ponyhof.

So etwas mache ich nie wieder! Man sieht ja, was man davon hat. Die anderen wissen eine solche Geste einfach nicht zu schätzen. So sieht es in mir aus. Und ich kann nichts dagegen tun.

Man soll die Menschen segnen, lese ich in einem anderen weisen Buch. Gerade die, die wir nicht leiden können, die uns nicht nett behandeln, mit denen sollen wir – um unserer selbst willen, ja – auf diese Art verfahren. Okay.

Ich segne und segne und segne – aber mein Ärger auf dich, lieber unbekannter Thorben aus Bielefeld, er will und will einfach nicht vergehen. Vielleicht segne ich falsch oder segne zu halbherzig. Ich muss mich bei Gelegenheit bei jemandem erkundigen, der sich mit so etwas auskennt.

Möglicherweise ist es ja auch so, dass ich mit keinem Glauben dieser Welt mein Menschsein wegdrücken soll. Ich kann das Weisewerden ja gern üben. Aber meine tatsächlichen Gefühle als einfacher Erdling, die bleiben mir trotzdem erhalten, und ich soll sie nur empfinden. Wir brauchen das Leben nicht zu verstehen, wir sollen es nur leben, mit allem, was dazugehört. An dieser Stelle fällt mir meine Freundin Warwara ein – aus Berlin, nicht aus Bielefeld! – die einmal Folgendes zu mir gesagt hat: »Katrin, falls du eines Tages Kopfschmerzen bekommst, dann kann es sein, dass dich dein Heiligenschein drückt.« Sie kennt mich und meinen Hang zum Wunsch-Denken und -Handeln. Aber kann es nicht einmal gerechtfertigt sein? Dieses eine Mal? Weil es um ein Büchlein über die Liebe geht? Und um einen Zeitgenossen aus Bielefeld?

Jetzt haben wir Hochsommer, und ich warte immer noch.

Soll ich den Vorgang der weisen Frau petzen? Oder einen Anwalt einschalten?

Ich lasse all das sein, beschließe, die Sache unter »Lebenserfahrung« zu verbuchen. Mein verbeultes Herz, das lasse ich offen. Ja, ich würde es wieder tun. Bloß nicht verbittert werden.

Es war kurz vor Weihnachten, in der herandräuenden Geschenkezeit, als ich mit keiner Überraschung mehr rechne. Da klingelt der Postbote an meiner Tür. Er lächelt mich an, wünscht mir ein frohes Fest und überreicht mir ein Einschreiben aus Bielefeld.

Offensichtlich gibt es Hoffnung für die Welt. Es sind nie die großen Dinge, auf die es ankommt. Vielmehr sind es die kleinen, die unscheinbaren Gesten.

Thorben, ich segne dich. Ohne Wenn und Aber.

Und habe alle Geister auf meiner Seite dabei.

FREUNDSCHAFT

Für Annika.

Du willst etwas von mir, aber

          du kommst in forderndem Ton zu mir.

Für Conny.

Du glaubst, während du deinen Dingen nachhastetest,

          stand ich still und habe auf dich gewartet.

Für Marika.

Du behandelst mich wie einen weiteren

deiner vielen Termine, die du managst und versuchst,

          unter einen Hut zu bringen.

Für Elke.

Denkst du, alles geht immer genau so weiter, wie es anfing?

Ohne dass es sich veränderte?

Dass ich mich verändere...

Freundschaft zu deinen Bedingungen. Das kann ich nicht.

Ich bin nicht auf der Welt, um die Erwartungen

          anderer Menschen zu erfüllen.

Wenn es Freundschaft sein soll, dann

          muss es uns beiden gut tun.

Nicht nur einer.

(Katrin Richter, 2012)

»SCHULKLASSE«

Ich bin von der Buchhändlerin meines Vertrauens eingeladen worden. Ein Vormittag im April in ihrem Laden. Eine Schulklasse wird sie besuchen. Wir schreiben den Welttag des Buches, und viele der Zehn- und Elfjährigen kennen noch nicht einmal den Unterschied zwischen einer Bibliothek und einer Buchhandlung. Da ist Aufklärung vonnöten. Und ein Buch als Geschenk für jeden gibt es auch.

Meine Aufgabe ist es, die Kunden zu vertrösten oder um ein wenig Geduld zu bitten. Schließlich geht es um nichts Geringeres als um die nächste Generation, um unsere Zukunft, und da werden sie schon Verständnis haben, einmal ein paar Minuten auf ihre Wunscherfüllung literarischer Art zu warten. Ich fühle mich der Sache gewachsen. Außerdem sollen bei der Gelegenheit die Jungen und Mädchen auch gleich eine waschechte Schriftstellerin kennen lernen und mir Fragen stellen dürfen, wenn sie wollen.

Zusammen mit der Chefin warte ich also im Laden. Da kommen sie schon aus der Richtung S-Bahn, zwanzig Viertklässler und zwei Lehrerinnen. Sie gruppieren sich schnatternd – manche auch gähnend, wann werden sie heute Morgen wohl aufgestanden sein? – um den Ladentisch herum, und die Fachfrau beginnt zu erzählen, Bücher zu zeigen, Wälzer hochzuhalten und herumzureichen. »Was glaubt ihr wohl, wie schwer die sind?«, werden die Kinder zum Schätzen animiert. Und: »Warum, meint ihr, ist das überhaupt so wichtig, zu wissen?« Die Phantasie treibt Blüten. »Damit ich – wenn ich ein Buch verborgt habe – hinterher weiß, ob jemand Seiten raus gerissen hat«, bietet ein Mädchen an, und wir lachen, aber nicht schadenfroh. Die Buchhändlerin hat eine wunderbare Ansprache; sie trifft genau den Nerv der Schüler. Vielleicht liegt es daran, dass sie selbst Mutter ist, und dieses Alter ihres Kindes noch nicht allzu weit entfernt. Vielleicht spüren die Kinder aber auch: Da tut jemand, was er tut, mit Leidenschaft. Diese Frau brennt für ihre Berufung. Sie hat das »Büchereck« aus eigener Kraft aufgebaut, anstatt in eine Depression zu verfallen, als »Kiepert« sie vor vielen Jahren entlassen musste. Nun gibt ihr der Erfolg recht.

Es war nicht immer leicht für sie, aber: »Erfolg ist ein Gesetz der Serie. Und Misserfolge sind Zwischenergebnisse. Wer weitermacht, kann nicht verhindern, dass er irgendwann auch Erfolg hat.« Dieser Gedanke von Thomas Alva Edison, nach dem in unserem Stadtbezirk Treptow – im »Nebenan-Dorf« Niederschöneweide – sogar eine Straße benannt ist, richtet mich selbst auch immer wieder auf. Und solche Menschen wie die Buchhändlerin auch. Mir scheint, wir machen uns gegenseitig Mut. Wir brauchen einander. Ich kann meine Bücher nicht ohne ihre Hilfe vertreiben. Sie könnte vielleicht ohne mich persönlich existieren, aber ohne Literaten insgesamt - nicht.

Davon erzählen wir den Kindern. Wir spielen uns die Bälle zu, wir improvisieren, haben nichts vorbereitet. Wir wissen aus Erfahrung vieler Lesungen und anderer Veranstaltungen: So funktioniert es am besten. Wir harmonieren gut miteinander, wir zwei Weiber.

Nachdem die Kinder nun auch wissen, dass alle Bücher überall das selbe kosten – egal, ob man sie im Internet bestellt oder im Geschäft – und wie viele Menschen über Nacht in Lagerhallen, auf Autobahnen und Stadtstraßen dafür arbeiten müssen, dass man ein bestimmtes Werk von heute auf morgen bekommen kann, wenden sie sich nun mir zu. Ich stehe mittlerweile dem Ladentisch gegenüber, denn ich habe zwei Kunden vertröstet. Ein älterer Mann sah die Szene und nickte voller Verständnis: »Alles klar, die junge Generation geht vor! Ich trinke eben einen Kaffee und komme später noch mal wieder.« Ein eiliger Nadelstreifenmensch hastete dagegen wieder fort: »Na, dann nicht. Ich muss zur Arbeit«, sagte er, so freundlich ich ihn auch dazu bewegen wollte, doch bitte etwas zu warten, vielleicht sogar ein wenig zuzuhören.

Also, zwanzig Gesichter drehen sich mir zu, das der einen Lehrerin ebenfalls. Ihre Kollegin bleibt an meiner Seite stehen, ich kann ihr Gesicht nicht erkennen, spüre nur seltsame Abwehr, die ich mir nicht erklären kann. Die Kinder wollen wirklich vieles wissen. Ob mein Beruf schwer sei. Welches meiner Bücher sich am besten verkaufe. Ob ich ihnen zeigen könne, wie ich das so mache.

Ich rede und rede und rede, wie immer, wenn mir echtes Interesse entgegenschlägt, ganz egal, ob nun von Erwachsenen oder von Kindern. Für mich ist da kein großer Unterschied. Als wir beim Tagebuchschreiben angekommen sind, frage ich die Klasse, wer in ihr eigentlich täglich seine Gedanken so zu Papier bringt. Einige Hände gehen hoch.

Ich freue mich und erteile einen ungefragten Ratschlag: »Unbedingt damit weitermachen! Tagebuchschreiben kann später die Psycho-Pillen ersparen.« War es das, womit ich die Lehrerin an meiner Seite nervte? Sie sagte in – wie es mir schien – abfälligem Tonfall: »Und was schreiben Sie da so? Was am Tag zuvor alles passiert ist?« Na ja, auch, sage ich. Aber es geht ja um viel mehr. Um innere Reinigung. Klarheit für den Tag. Inventur der eigenen Seele. Aha. Die Frau nickt und verliert offenbar das Interesse. Ganz im Gegensatz zu den ihr Anvertrauten. Immer mehr Finger heben sich, immer mehr Kinder wollen mich etwas fragen.

Zehn, elf, so weiß ich von weiseren Menschen als ich es bin, das ist das Alter, in dem man sich noch an Verschiedenes erinnert, an die Magie des eigenen Lebens, an einen größeren Plan eventuell sogar, den man für sich mit auf die Erde brachte. Mit zehn, elf Jahren ist ein Menschenkind noch nicht so sehr beeinflusst vom gesellschaftlich gerade herrschenden Zeitgeist. Es ist sich selbst in seinem Wesen noch sehr ähnlich.

Ach, würde es doch nie verbogen werden! Viele psychologischen Übungen empfehlen, die Elfjährige, den Elfjährigen in sich selbst wachzurufen, um wieder zu wissen, wer man eigentlich ist. Und da standen sie nun vor mir, lauter wache, helle und dunklere Gesichter, blaue, braune, grüne Augen, und sie wollten nicht belogen werden. Warum tut ein Mensch das, schreiben? Und wie lässt er sich dafür bezahlen? Ich sage, dass ich eben anders mit Geld umgehe als früher, in einem festen Job. Ich bilde Reserven – für die Zeiten, in denen es mal nicht so läuft. Dennoch, ich sei ein glücklicherer Mensch als früher. Es tut gut, auf das eigene Herz zu hören, auch bei der Berufswahl. Es komme immer darauf an, was für ein Mensch man sei.

Die Lehrerin neben mir stöhnt hörbar – und als ich sie ansehe, kommt es mir so vor, als ob sie auch ihre Augen verdreht. Was ist denn da passiert? War sie bis vor kurzem noch mit einem freischaffenden Künstler liiert, einem, der ähnlich daher redete wie ich jetzt? Und hat er sie verlassen? Leidet sie noch immer unter dem nachschwingenden Liebeskummer? Und kriege ich das jetzt ab?

Jedenfalls holt sie tief Luft und sagt folgendes zu ihrer Klasse: »Das hört sich ja alles ganz gut an – und sicherlich ist es das auch. Aber so ein Buch muss auch verlegt werden. Und man muss es verkaufen. Das gehört alles auch dazu.« Sie erklärt den Mädchen und Jungen meinen Beruf! Sie setzt sich auf meine Rede oben drauf und weiß besser, wo es langgeht im Leben.

»Ja«, sage ich, leicht verwundert und auch unter der Wirkung eines leichten Adrenalinstosses. »Aber danach haben mich die Kinder nicht gefragt. Außerdem ändert es nichts daran, was ich bisher gesagt habe.«

Vielleicht ist es ja gar nicht ihre Verletzung, oder nicht allein. Meine Wunden reagieren auch. Kein Mensch kann ja im Innersten getroffen werden, wenn er da nicht eine offene Stelle hat. Ja, ja.

Ich weiß doch selbst, dass es ein Abenteuer ist, so zu leben und partout nicht aufgeben zu wollen. Buch um Buch um Buch zu schreiben, Schritt für Schritt für Schritt. Seit zehn Jahren schon. Dreizehn Werke kann ich vorweisen. Sechsunddreißig Tagebücher. Aber kein Lehrerinnengehalt. Nein, das nicht.

Ich denke an einen meiner früheren Lehrer zurück. Für den Beruf, den ich mir damals ausgewählt hatte – Journalistin – hielt er mich nur für bedingt geeignet, und ein wenig hatte ich ihm das damals sogar verübelt. Ich wollte es ihnen doch so gern beweisen, dass ich das kann. Schnell sein, taff sein, clever und erfolgreich sein. Ob er mich für eine Literatin hielt, das habe ich ihn damals nicht zu fragen gewagt. Hätte ich mir ja selbst nicht eingestanden, diesen Wunsch. Traute ich mir nicht zu. Nicht mal ansatzweise. Damals noch nicht.

Ob man das denn studieren könne, Schriftstellerin, hatten sich vorhin die Schüler bei mir noch erkundigt. »Nein«, hatte ich gesagt, »das geht so direkt nicht.« Und hatte ihnen meinen beruflichen Werdegang dargelegt. Erst Journalistin, zwanzig Jahre lang, in Radio, Fernsehen, Presse, um dabei zu merken: Ich will und will darin einfach nicht meinen Platz finden. Wer weiß, vielleicht hat auch das die Frau an meiner Seite im Buchladen so gestört. »Wer fragt schon danach!«, mag sie gedacht haben. »Platz! Glück! Ich muss sehen, wie ich meine Kinder ernähre, meine Wohnung bezahle, über die Runden komme. Allein erziehend wie ich bin. Von diesem Blödmann von Maler schnöde verlassen.«

Ich werde es nicht erfahren. Ich kann nur bei mir bleiben.

Nach einer Dreiviertelstunde ist der Schulunterricht im Büchereck zu Ende. Die Kinder dürfen noch ein wenig herumgehen, in den Büchern blättern. Ich verabschiede mich und gehe hinaus. Ein Moment, wie geschaffen für einen Verarbeitungsspaziergang. Fester wickle ich meinen Parka um mich herum und trete entschlossenen Schrittes meinen Gang um den Friedhof an. Es gibt viel zu bedenken und innerlich für mich zu sortieren.

Später erfahre ich, dass jene Kinder während der darauf folgenden Woche tatsächlich wiederkamen, um sich Bücher zu kaufen. Nicht meine, nein, die sind ja für andere Altersklassen gedacht. Aber zum Beispiel einen Renner: »Hilfe, ich habe meine Lehrerin geschrumpft«.

Warum ich das nun mit einer Art grimmiger Genugtuung höre, das weiß ich auch nicht...

Man kennt sie lang, nahm sie kaum wahr,
trotz Hübschlichkeit, rein äußerlich.
Die Nacht ist kühl und sternenklar,
durch Zufall unterhält man sich.
Und alsbald stellt man staunend fest,
man übersah bisher den Rest.

Es kommt schon vor, dass man wenn kaum
dass was gescheh'n ist, sofort ahnt:
Das war grad ganz bestimmt kein Traum,
es war auch gar nicht so geplant,
und doch, selbst wenn man standhaft ist,
man plötzlich jemanden vermisst.

Die Lage ist – warum auch nicht? –
verzwickt, verschlungen, kompliziert,
weckt auch Gedanken an Verzicht,
das Herz zur Rebellion tendiert.
Natürlich reicht das noch nicht ganz,
die Furcht gesellt sich auch zum Tanz.

Schlussendlich lernt man wieder mal,
dass Dinge, die den Kopf erhitzen,
trotz drückend großer Überzahl
so keinerlei Gewicht besitzen.
Und deshalb, fühlt man, sollte nie,
verzichtet werden auf Frau Fü!

(Jan Panier, 2012)

»Fahrradweg«

»Entschuldigen Sie, dass ich auf dem Radweg laufe«, rufe ich manchmal vorbeizischenden Rittern der Pedale zu. Wenn sie wenigstens gemütlich radeln würden, wie der sinnbildlich gewordene Franzose auf dem sonnigen Land mit einer Baguettestange unter dem Arm. Nach allen Seiten hin freundlich grüßend. Vielleicht absteigend, ihren Drahtesel schiebend, um einen Schwatz mit mir zu halten. Ein Liedlein pfeifend wie jetzt im Mai die wundersamen Vögel von allen Bäumen rings um den Friedhof Baumschulenweg. Manchmal bringen die mich zum Lachen mit ihren Koloraturen und gewagten Melodien. Einer von ihnen – ich vermute, es handelt sich um die Nachtigall, die vielzitierte – schmettert sogar die Einleitung zu einem Popsong, will es mir scheinen. Eine Reihe von absteigenden Tönen, und ich nehme sie auf, führe sie fort: »You keep saying you've got something for me / something you call love, but confess. / You've been messin' where you shouldn't have been a messin' / and now someone else is gettin' all your best. / These boots are made for walking, and that's just what they'll do / one of these days these boots are gonna walk all over you...«

Nancy Sinatra hätte ihre wahre Freude an mir, und sogar die kleine Nachtigall scheint sich kaputtzukichern, irgendwo im grünen Blätterdschungel verborgen über meinem Kopf. Ach, es könnte so schön sein! Schon schlägt mein Herz höher, wird mein ganzes System leichter, atme ich freier.

Da – eine schrille Klingel von hinten. Mitten hinein in meinen Gesang.

»Was? Wie?«, denke ich noch, erschrecke ich mich, da rauscht schon wieder einer vorbei. Zugestöpselt mit zwei Ohrhörern (wahrscheinlich Nancy Sinatra), behelmter Kopf, fehlt nur noch eine Maske vorm Gesicht. Oder ein Visier. Einige von ihnen telefonieren auch. Schreiben rasch eine SMS während der Fahrt. Kein Wunder, dass sie sich nicht auf die Straße trauen. Viel zu gefährlich. Also nehmen sie lieber die Fußwege.

Und ich als Stadtstreicherin bin mir meines Lebens nicht mehr sicher. Zumindest meiner Lieder. Meiner heiligen, berufsnotwendigen Inspiration. Die geht flöten wie die gefiederten Pieper, wenn ich mich ständig auf der Hut wähne. Da gibt es nichts zu beschönigen. Das muß ich Ihnen leider so sagen.

Neulich an der Kreuzung Kiefholz, Ecke Baumschulenstraße: Ein Fahrradfahrer auf seinem Sattel überquerte mit mir gemeinsam den Fußgängerüberweg und fuhr mich dann fast um, als ich im rechten Winkel nach links abbiegen wollte, um die nächste Ampel anzupeilen. »Hey!«, rief ich ihm nach, »Vorsicht!«

»Ich habe grün!«, informierte er mich über seine Schulter, bevor er von dannen fuhr.

Eine Lady, die die Szene beobachtet hatte, nickte mir zu: »Er hat grün. Schon klar... Regen Sie sich bloß nicht auf. Sie werden krank, und er ist schon weit fort. So läuft das doch.«

Wer lange Stadtspaziergänge macht so wie ich, der lebt damit, die Gehwege mit den Radfahrern zu teilen.

Wann hat das eigentlich angefangen? Das war doch nicht immer so in Berlin, oder täusche ich mich? Hat es etwas mit dem Tempo unserer Zeit zu tun? Mit der Rasanz auf den Straßen? Der Unfallstatistik?

Okay, einige von ihnen sagen auch »Danke«, wenn ich zur Seite springe, um sie doch vorbeizulassen. Manchmal bin ich auch störrisch und trabe extra langsam meinen Bürgersteig entlang, obwohl ich ganz genau weiß, hinter mir steht einer praktisch schon auf seinem Pedal.

Nein, ich habe kein Verständnis dafür, dass ich nicht in Ruhe vor mich hin wandern kann, ungestört durch Radler, schnellere und langsamere. Immer wieder komme ich in Wallung, wenn sie mir das Gemächliche durchkreuzen.

Vor kurzem war meine Tochter zu Besuch. Sie ist schon lange erwachsen, sie »sitzt und spricht«, wie Loriot sagen würde.

Aber wenn sie hier bei mir ist, werde ich zur Mama und sie wieder zum Kind. Da kann man nichts machen. So läuft das nun einmal. Ich fühle mich für sie verantwortlich und für ihr Wohlergehen. Wie damals, als sie noch klein war und gerade erst mit Stützrädern voran gewackelt ist. Ich leihe ihr mein Fahrrad. Sie will im Nachbardorf Johannisthal ihre Freundin besuchen.

»Komm nicht so spät nach Hause«, rufe ich ihr nach. Und: »Nimm den Gehweg. Straße ist zu unsicher. Ich kann das einfach nicht mit ansehen, wie du zwischen all den Autos unterwegs bist.«

Höre ich da irgendwo eine Nachtigall spöttisch keckern?

Kalter Tag und Vampirmädchen

An einem traurigen Tag –
das muss ich noch erwähnen –
traf ich die drei kleinen Mädchen
mit den Vampirzähnen.

Es war eisig kalt in einem Januar,
mein Mut auf den Grund der Spree gesunken gar.
Kaum je wähnte ich mich derart verloren,
ein grausamer Geist schien mich zu seinem Opfer erkoren.

Ich kehrte ein in ein gastliches Haus,
und dort machten sie mir den Garaus.
Drei blonde Elflein, kichernd und froh,
rissen ihre Mäuler auf und schrien: »Hoho!«

Der Schleier wich von mir, ich musste lachen.
Sah zu, wie sie versuchten, mir Furcht zu machen.
Aus rosig blütenzarten Lippen bleckten
Reißzähne aus Plastik, die mich nicht erschreckten.

Ich liebe das Leben, und es liebt mich zurück.
In ganz kleinen Dingen liegt mein größtes Glück.

(Katrin Richter, Oktober 2012)

»Richtiger Planet,
falsche Stadt«

Jeden Tag drehe ich einmal die Runde über den Friedhof in Baumschulenweg, linker Teil, von mir aus gesehen. Dort laufen keine Hunde herum, heimliche Trinker flüchten scheu, wenn sie mich herankommen sehen. Ich bin mit den Rotkehlchen und wochentags mit den Schubkarrenschiebern und Harkern allein. Dieser Ort ist eher ein Park mit stillen Ecken und Eichhörnchen und üppigem Grün wie in einem botanischen Garten. Er stimmt mich nicht traurig. Vielleicht liegt das auch daran, dass ich von den hier zur letzten Ruhe Gebetteten niemanden persönlich kenne.

Die wenigen Besucher, die so oft wie ich hierher kommen, lassen einander in Frieden. Ein Zeitungsleser auf einer der versteckten Bänke saß auch schon im Winter dort, bei klirrendem Frost, sein Fahrrad wie jetzt im Juni an einen Baum gelehnt. Ich habe mich oft gefragt, wieso er nicht friert. Zwar trug er eine dicke Wattejacke und auf dem Kopf eine Felltschapka wie ein russischer Rotgardist. Aber wenn man sich nicht bewegt, wird es doch recht schnell sehr ungemütlich, dachte ich mir. Jedoch – es verbot sich von selbst, ihn danach zu fragen. Wie gesagt. Wir lassen einander in Frieden.

Heute spazierte ich wieder das ausgedehnte Oval entlang, und als ich wieder beim Ausgang ankam, steuerte ein hochgewachsenes Schneewittchen auf mich zu. Offensichtlich hatte es sich aus einer Gruppe junger Leute gelöst, die gerade auf das Territorium geströmt waren und sich suchend umschauten. Ich vernahm polnische Gesprächsfetzen und überlegte, was diese fröhlichen Leute wohl hier wollten. Schneewittchen klärte mich auf Englisch auf – ich übersetze gleich frei, was sie mich fragte. Meine Leser sind nicht alle der anderen Sprache mächtig, wie ich weiß. Also, die Schöne wollte von mir wissen, »wo denn hier eigentlich das Grab von Jim Morrison wäre«.

Jim Morrison? Ich erklärte ihr, dass ich hier wohne und jeden Tag hier entlang gehen würde, dass ich aber niemals auch nur einen Hauch einer solch berühmten Grabstätte auf unserem Friedhof gesehen oder davon gehört hätte. Sicherheitshalber vergewisserte ich mich: »Meinen Sie vielleicht Chris Gueffroy? Eines der letzten Opfer der Berliner Mauer? Wegen ihm kommen viele Besucher zu uns, um Blumen an seinem Wiesengrab niederzulegen.«

Aber nein. Schneewittchen schüttelte den Kopf. Nicht Chris meinte sie, sondern Jim, den legendären Sänger der Doors. Und dass er nun einmal hier beerdigt sein müsse, daran könne es gar keinen Zweifel geben, sie hatten es schließlich im Internet gelesen.

Aha, denke ich, freute mich über mein Englisch, dass – wenn auch nur selten angewandt, so doch abrufbar zu sein scheint und zucke die Schultern. »Es tut mir so leid«, sagte ich, »aber da kann ich nicht weiterhelfen. Trotzdem noch einen schönen Aufenthalt in Berlin.«

Wieder zu Hause, fahre ich natürlich meinen Rechner hoch. Das will ich jetzt genau wissen. Falls mal wieder jemand fragt. Und weil ich von Natur aus neugierig bin. Klar.

Jim Morrisons Grab, lese ich, sieht unspektakulär aus, ist ein bisschen schwierig auszumachen, und man solle am besten einfach nur den vielen Jugendlichen in orangen Hosen und Hippie-Outfits folgen, dann finde man es schon. Auf dem Cimetière du Père Lachaise. In Paris!

Ich widerstehe dem Impuls, noch einmal aufzubrechen, die polnische Gruppe vielleicht noch zu treffen und den Irrtum aufzuklären. Nein, ich bleibe, wo ich bin. Sie sind ja selber groß, die jungen Leute und haben wahrscheinlich alle Smartphones dabei.

Im Prinzip waren sie schon richtig. Der Planet stimmte. Grabstätten gibt es bei uns auch. Nur die Stadt war verkehrt. Berlin, Paris, was macht das schon. Gestorben wird hier wie da wie dort. Und am Ende sind wir alle gleich, ob Promi oder nicht. Wichtig ist doch: Sie haben an ihn gedacht und hatten wahrscheinlich ein Lied der Doors im Kopf... *Light my fire. Riders on the storm. The end.* Was auch immer.

An wen wir denken, der ist gar nicht tot, sagt man. Und auf der anderen Seite ist man sowieso überall gleichzeitig, sagt man. Also!

Aber jenen wetterbeständigen Zeitungsleser, den werde ich mir heimlich doch mal genauer ansehen, demnächst...

begonnen der angriff der liebesgrüße hat

eins, das weiß ich ganz genau,
doch drüber bin ich gar nicht froh,
ich sitze hier in ilmenau,
und wäre lieber anderswo.

in rostock, wo das meer zu ende,
da würde ich jetzt gerne sein,
nicht wegen der stadt oder wegen der strände,
der grund dafür ist ganz allein:

ein mädchen wohnt dort, wohlgestalt,
in einem turm hoch droben,
sie ist genau wie ich so alt,
und nicht genug zu loben.

ihr name kommt von ganz weit her,
sie ward nicht hier geboren,
der klang verzaubert mich gar sehr,
und streichelt meine ohren.

hach wär' ich doch nur dort bei ihr,
ich würd' sie zärtlich küssen,
verführen gar, doch bleib' ich hier,
weil wir studieren müssen.

am anfang war ich noch zu feig',
ich dacht' es würd' nichts werden,
ich kam auf keinen grünen zweig,
dank dümmlicher beschwerden.

doch nun, da ich vergöttre dich,
ist dies wie fortgeweht,
denn was nicht sucht das findet sich,
drum sieh nur, was hier steht:

ich liebe dich, mein dicker mot,
und hoff' auf viele tage,
die ich mit dir verbringen darf,
und dieses zu dir sage

(Jan Panier, 2005)

»Baumschrecken«

Diese Sommernächte in Berlin. Wie schön sie sind und wie still. Gerade kommen wir von Mallorca zurück, aus einem dieser Urlaubsparadiese an der großen Bucht vor Palma, Cala Major, und nun genießen wir die schier überirdische Ruhe in unserem Kiez. Besonders nachts ab elf, wenn dort, in Spanien, das Leben, Tanzen, Singen, Essen, Kaffee- und Weintrinken gerade erst beginnt. Hier laufen wir durch eine Zauberwelt, so verwunschen und einsam, als wären wir auf einem anderen Planeten gelandet. Andächtig gehen wir Schritt für Schritt, halten einander an den Händen und reden nicht. Es ist alles gesagt für diesen Tag. Auch das kommt vor. Den Weg brauchen wir nicht abzusprechen. Es handelt sich um unsere Friedhofsrunde.

Wir gehen sie seit vielen Jahren, immer die gleiche Strecke: Die Behring-, Gondeker- und Kiefholzstraße hinunter, einen Kreis über das parkähnliche Gelände am Krematorium Baumschulenweg, beim Forsthaus wieder einschwenken auf die Rixdorfer Straße, Südostallee, dann immer geradeaus über die bunte Brücke bis zur Sonnenallee – und weiter entweder durch Neukölln oder durch Treptow, jedenfalls in Richtung Hänselstraße, rote Schule, und dann enden bei »unserem« Baum. Diese Eiche habe ich schon oft besungen. Einmal haben er, der Gefährte und ich sogar ein ganzes Buch ihm zu Ehren verfasst, ein Baum- und Menschentagebuch. »Spuren der Verwandlung« heißt es, soviel Werbung erlaube ich mir einfach; und es fand zu seinem Erscheinen sogar Eingang in eine Stadtteilzeitung, wofür der Reporter mich – ja, ich sage es in aller gebotenen Bescheidenheit – in voller Lebensgröße vor jenem Baum fotografierte. Ich stand da, mit dem Rücken an seinem Stamm und umarmte ihn von rückwärts. Ich habe ihn auch schon vorwärts umarmt und nicht weniger innig, auch wenn mich dabei, soviel ich jedenfalls weiß, kein Mensch fotografiert hat. Sie müssen wissen, dieser Baum bedeutet viel für mich und noch mehr für meinen Herzensmann. Wir holen uns Kraft bei ihm, wir sprechen allabendlich mit ihm – ich kürzer, er länger, aber im Stillen, und ich erfahre nie, um was es heute geht. Das würde die Magie entkräften, und das will ich natürlich nicht. Nur das sickert zu mir durch, dass alles wirklich eintrifft, was sich der Liebste im Geheimen von der Eiche wünscht. Es gibt keine Ausnahme. Die Worte wirken. Dieser Baum hat große Macht. Er ist ein Stellvertreter auf Erden. Für den, der daran glaubt, auf jeden Fall.

In dieser Sommernacht 2012 schlendern wir am Ende unserer Runde wieder einmal dort in der Mosischstraße Nummer neun vorüber, und ein siedendheißer Schrecken durchfährt unsere Glieder. Da sind zwei Schilder aufgestellt, im Abstand von zwei Autolängen etwa:

Achtung, Baumarbeiten!
Am 3. Juli 2012 von 7 bis 15 Uhr.
Sie meinen unseren Baum!!!

Okay, es gibt zur Zeit Probleme mit Schädlingen, mit sogenannten Eichenprozessionsspinnern. Im Plänterwald haben wir bei Spaziergängen Schilder entdeckt, die darauf hinweisen. Da es Menschen gibt, die auf diese winzigen Tierchen allergisch reagieren, muß ihnen gesagt werden, dass sie die Nähe dieser Bäume meiden sollen. Ja, vielleicht geht es darum. Sie wollen die Haut unserer Eiche absuchen und ein solches Schild anbringen. Oder sie dünnen seine üppigen Äste aus. Sie salben seinen

Stamm, besprühen seine satten Blätter, singen Lieder für ihn und streicheln ihn acht Stunden lang, von sieben bis fünfzehn Uhr. So wird es sein. Wir trösten und beruhigen einander. Alles, alles ist möglich, nur nicht das Eine, Undenkbare, das Schreckliche, das Nicht-Sein-Dürfende: Daß sie ihn eventuell – ich weigere mich fast, es hinzuschreiben – dass sie ihn fällen wollen. Weil Autofahrer Angst um ihr Heiliges Blechle haben, weil Anwohner nicht genug Licht in ihre Küchen bekommen, weil, weil, weil. Es gibt so viele menschengemachte Gründe, ein natürlich Gewachsenes auszureißen. Ich denke an die Sängerin Alexandra und ihr anklagendes Lied: »Mein Freund der Baum ist tot, er starb im frühen Morgenrot...«

Obwohl es spät ist, sind wir beide hellwach. Ich wende mich insgeheim an meine Mächte, denen ich keine Gestalt gegeben habe, so kann ich sie nicht verlieren. Bitte, sage ich im Geist, bitte tut das dem Geliebten nicht an. Ich wüsste wirklich nicht, wie ich ihn dann wieder aufbauen sollte. Und wir müssten unsere Runde verändern. So wie jetzt und wie seit Jahren könnten wir nie wieder abends spazieren gehen. Eine Mosischstraße ohne Eichenbaum – der für ihn ein Wunder ist – wäre zu traurig. Wir würden wahrscheinlich weinen angesichts eines Stubbens oder einer leeren Stelle Grases, in das die Hunde ihre Haufen legen. (Nicht, dass sie das nicht auch an den Füßen unseres Baumes tun würden.)

Gegen Mitternacht wieder zu Hause, begibt sich der Gefährte noch ins Internet, schreibt eine Bürgeranfrage an unser Grünflächenamt, damit sie es gleich Montagfrüh zu Dienstbeginn lesen können. Keine Ahnung, ob im Grünflächenamt der Dienst mit E-Mail-Studium beginnt. Aber er wird auch anrufen, da bin ich mir sicher.

Wird er sich am Baum anketten? Seine stärksten Äste erklettern und ein Baumbesetzer werden wie diese junge Frau, deren Buch in meinem Regal steht: Julia »Butterfly«

Hill, die 1997 einen Redwood-Baum erkletterte und siebenhundertachtunddreißig Tage lang dort oben blieb, um ihn vor dem Abholzen durch eine kaltherzige Firma zu bewahren? Ihr Beispiel hat Schule gemacht. Ich sehe im Netz, dass auch anderswo Menschen – warum eigentlich vor allem Frauen? – Bäume mit ihrem vollen Körpereinsatz gerettet haben. Ich traue es dem Liebsten zu. Und würde ihn mit Essen und Trinken, meiner Liebe versorgen, sollte es soweit kommen.

Noch haben wir Zeit. Noch kann die Entscheidung anders fallen oder längst gefallen sein. Hätte ich die Macht, würde ich eine Eule am Baum anbringen, ein Naturschutzdenkmal daraus machen und das entsprechende Symbol an seiner Rinde anbringen, das ich noch aus DDR-Zeiten kenne, und das hin und wieder auch immer noch zu sehen ist. Neulich sah ich es an einer Gartenhütte prangen, in einer Siedlung nahe dem S-Bahnhof Plänterwald. Wenn sogar solch baufällige Hüttchen beschützt werden, wieso dann nicht auch unsere kostbare Eiche?!

Heute ist der 1. Juli 2012, ein Sonntag. Heute können wir nichts ausrichten. Wer nicht an den heiligen Ruhetag denkt, der denkt an das Endspiel der Fußball-EM, das am Abend zwischen Italien und Spanien ausgetragen wird, unseren beiden bevorzugten deutschen Urlaubsländern.

Ich habe keinen Favoriten; ich kann ganz entspannt zusehen, einfach nur leidenschaftlichen Fußball und schöne Männer bewundern. Aber ab morgen früh, da gilt es. Ich werde Ihnen erzählen, wie die Sache weitergeht.

Und ich hoffe, dass übermorgen Abend, am Dienstag, dem 3. Juli 2012 nach 15:00 Uhr, unser Baum noch immer dort steht, wo er hingehört: Vor dem Haus Mosischstraße Nr. 9 in Berlin-Baumschulenweg. Unsere Spazierrunde muss sich nicht ändern, es bleibt alles, wie es ist.

Fortsetzung folgt. Sie werden es als Erste erfahren. Von mir.

2. Juli 2012, vormittags gegen zehn Uhr: **Entwarnung!!!**

Der Arbeitstag im Grünflächenamt hat um 8:00Uhr begonnen, und um 8.11Uhr schrieb eine freundliche Mitarbeiterin von dort an den Geliebten, dass an unserer Eiche keine Arbeiten ausgeführt werden. Die Schilder sind nur zu ihren Seiten hingestellt worden, weil aus der gegenüberliegenden Schule Unrat abgefahren wird und das Gartenbaurevier immer Probleme mit der zugeparkten Einfahrt hat. Der Baum liegt auch ihnen sehr am Herzen, sagte die Frau noch, als mein Mann sie zusätzlich anrief. Er wird zweimal im Jahr kontrolliert und man macht sich ein wenig Sorgen wegen eines Pilzes an seinem Stamm. Ansonsten hoffe man aber – genau wie wir beide – dass die über hundert Jahre alte Eiche noch eine ganze Weile durchhalten möge.

Ich bin so froh! Vielleicht kann ich jetzt sogar meine gestern eingetretenen Spannungskopfschmerzen loslassen. Mit Machtlosigkeit kann ich nicht umgehen. Und wenn meine Lieben leiden, dann ist das für mich schlimmer, als wenn mir selbst ein Missgeschick passiert. Ich brauche nur an frühere Jahre zu denken und das ewig Mütterliche. Auch die drei Meerschweinchen meiner Kinder konnte ich nicht wieder lebendig machen, als ihre Zeit gekommen war. Und die Verkäuferin der damaligen Tierhandlung in der Baumschulenstraße kann sich eventuell noch vage daran erinnern, wie ich schluchzend vor dem Meerschweinkäfig stand und überlegte, ob ein Neukauf den Verlust halbwegs ersetzen könne. Möglicherweise erlebte sie Ähnliches aber auch an jedem einzelnen neuen Tag.

Ich entschied mich damals dagegen. Nein: Es gibt keinen Ersatz für lebendige Wesen. Auch eine neue Eiche für den Gefährten hätte ich so schnell nicht heranwachsen lassen können.

Aber es ist ja alles gut. Alles ist gut. Wir können aufatmen. Und jeden Abend weiterhin dort spazieren gehen, mit unserem Baum sprechen. Was für ein Glück.

PS: Früher habe ich nicht verstanden, wieso Ehepaare irgendwann in der »Wir«-Form voneinander reden. »Wir« haben diesen Urlaub so-und-so empfunden. »Wir« freuten uns, als das erste Enkelchen eintraf. »Wir, wir, wir« – ja, waren sie denn überhaupt keine eigenständigen Persönlichkeiten mehr?!

Mag sein, dass ich darüber gespottet, mich echauffiert habe, als ich noch jünger und mit weniger Erfahrung angereichert war als heute. Inzwischen verstehe ich es. Je länger zwei zusammen sind – wirklich zusammen – und je weiter sie gewissen Lebensphasen frisch entwachsen sind, desto tiefer kann eine Verbindung zwischen ihnen werden. Ohne symbiotisch aneinander zu kleben, kann es dennoch sein, dass sie mitunter das Gleiche fühlen. So wie wir und unser Baum. Ich hätte es nicht geglaubt. Ich musste es erst selbst erleben.

PPS: Morgen werde ich trotzdem schon vormittags zur Mosischstraße wandern, um zu sehen, ob auch alles seine Ordnung hat. Ich werde feste Schuhe anziehen. Nur für den Fall, dass ich vielleicht doch die Eiche besetzen muss. Ich bin mir sicher, dort oben in ihrem Blatt- und Astwerk nicht zu verhungern...

MAGDALENENGESANG

Grandioses Blau und wolkenleer,
die Luft scheint kühl und warm zugleich,
ein Duft wie Seide, glatt und weich,
ergriffen, staunend, sinnesschwer.

So schwebe ich den Weg entlang,
die Beine wissen schon, wohin,
genieße, dass ich glücklich bin,
lausch' der Erinnerungen Klang.

Welch wunderbare Fügung ist,
dass Aussen- und Gedankenwelt
so eindrucksvoll zusammenfällt
und Du das Leuchten darin bist.

(Jan Panier, 2012)

»Abbruch«

Wir haben eine neue Sensation in unserem Kiez! Der allerletzte Schandfleck, der das schöne Bild rund um den neuen S-Bahnhof Baumschulenweg noch störte, wird endlich abgerissen. Wie lange hatten wir uns das schon gewünscht. Hatten Fragen von Besuchern peinlich berührt beantwortet, die wissen wollten, was denn dieses Gelände, dieser alte DDR-Flachbau, hier eigentlich noch sollten – und wieso sich keiner darum kümmere.

Man hörte von kontaminiertem Erdboden, weil ganz früher hier mal eine Farben- oder Batteriefabrik gestanden haben soll. Das war vor meiner Zeit in der Stadt. Ich kannte das Haus nur als Herberge für die Arztpraxis meiner Hausdoktorin, als ich noch eine in Anspruch nahm. Ich weiß gar nicht mehr, wann sie dort auszog. Eine Kantine hat es da auch mal gegeben, erinnere ich mich dunkel. Aber seit vielen Jahren waren Gelände, Bau und bröckelnde Gemäuer nur noch schutzlos dem Verfall anheim gegeben. Ferienkinder hörte man manchmal herauskichern. Ein Abenteuerspielplatz mit der Aura des Verbotenen für Lausbuben, Sprayer, schlimme Mädchen.

Aber jetzt!

Seit anderthalb Monaten rücken Bagger den Steinen, Balken, Graffitis zu Leibe, und es wird zerstört, zurückgebaut, aufgehäuft und abgetragen. Schweres Gerät fährt jeden Tag durch unsere Straßen, was manchmal zu übersinnlichen Momenten führt. Gestern zum Beispiel.

Ich lief wie immer meine Wege, im Kopf ganz woanders und grübelte gerade über die vielen Krisen in meinem Leben nach. Was man doch alles aushalten kann, dachte ich diffus umher. Und alles war wichtig. War notwendig, so weh es auch getan haben mag, beförderte mein Wachstum. Jede Übung. Jedes unliebsame Gefühl. Jeder einzelne auftretende Schmerz. Da hob ich meinen Blick, und ob Sie es nun glauben oder nicht: Genau in diesem Augenblick fuhr ein Schwerlasttransporter an mir vorüber mit der Werbeaufschrift: »RICHTER. FÜRS SCHWERE.«

Ich musste lachen und nickte vor mich hin. Ja, genau so ist es. Hatte nicht vor zwei Jahrzehnten schon einmal eine scheidende ältere Kollegin mir mit auf den Weg gegeben: »Du suchst dir immer den schwierigsten Weg aus, niemals jenen des geringsten Widerstandes.«?

Sieht mich der Bauarbeiter am Abrisshaus deshalb so an? Weil er mitbekommen hat, dass ich – ganz allein und ohne von außen erkennbaren Grund – einfach so lache und nicke?! Noch nicht einmal Stöpsel trage ich im Ohr oder ein Handy, zwischen Kopf und Hals geklemmt.

Na komm, sage ich im Geiste zu dem Mann – der einen Wasserschlauch auf die Stelle im Mauerwerk richtet, von der ein Riesenbagger große Stücke abbeißt – na komm, sage ich also schweigend, was ist so ungewöhnlich an Gesprächen mit sich selbst? Ich bin mir doch eine gute Gesellschaft! Der Mann antwortet nicht. Oder vielleicht ebenso still wie ich, so dass ich ihn nicht verstehen kann. Er schaut nur und schaut, und als ich die Straßenseite wechsele, schaut er immer noch, wobei er sich den Oberkörper so verdreht, dass ich ihm schon zurufen möchte: »Vorsicht mit dem Wasserschlauch! Nicht, dass du aus Versehen in ein Fenster sprühst. Oder in ein vorüberfahrendes Moped.«

Aber er hat die Sache im Griff. Keinen Millimeter weicht er ab von seinem Ziel, egal, wie er sich auch dreht und dreht und schaut und schaut. Naja komm, denke ich, das ist ja alles ganz schmeichelhaft. Aber ich bin schon ein altes Mädchen und verheiratet dazu...

Er steht jeden Tag so da. Und er sieht mich jeden Tag so an.

Vielleicht in einem anderen Leben, denke ich freundlich. Und dann überlege ich, was eigentlich – psychologisch gesehen – geschieht mit einem männlichen Wesen, das Tag für Tag, über eine lange Zeit, einen dicken Schlauch mit Düse in beiden Händen hält, ihn auf ein Abbruchhaus richtet und spritzt? An einem heißen Sommertag. Und wieder einem. Und wieder.

Die Auflösung wird vielleicht kommen, eines Tages. Und sie wird vielleicht ernüchternd sein. Vielleicht kennt er mich als Mama, meine Kinder aus der Schule? Oder er war Gast bei einer meiner Lesungen? Ich habe ihm beim Einkaufen auf den Fuß getreten, beim Weg abschneiden mit dem Auto den Stinkefinger gezeigt oder war sogar besonders nett zu ihm, bei irgend einer Gelegenheit? Wer weiß, ob ich es je erfahre. Vielleicht nein, vielleicht ja. Doch noch ist es nicht soweit.

Ich gehe nur vorüber. Er sprüht. Ich grüße ihn still.

Er guckt. Das ist alles.

Ich darf träumen.

GROBE UND LIEBE

Ein Mensch, bekannt von Kindesbein
als Rüpel, Grobmann, Polterlein,
hat es nicht schwer, sich abzugrenzen -
und jeder freut sich seiner weicheren Sentenzen.

Ein Mensch jedoch, der lange nett
und lieb sich selbst verleugnet hätt´,
dem nimmt man übel, wenn er schließlich
zeigt, dass auch er „Stop!" sagen kann,
klar und verdrießlich.

Merke: Sei nicht von den Sock´,
      erzeugst du auch nen Schock.
      Die Alternative
      wäre eine schiefe.
Du kannst dein Glück nicht kriegen
      im kunstvoll dich verbiegen.

(Katrin Richter, Oktober 2012)

»Geräuschangriff«

Die Firma Kärcher hat die Welt nicht schöner gemacht, aber lauter.

Es ist Montagmorgen im Hochsommer, ich bin zum Arbeiten bereit. Weit öffne ich meine Fenster, will tief durchatmen und meine grauen Zellen mit Sauerstoff aktivieren. Da sind sie schon unterwegs und stören mir die Inspiration: Laubsauger, Schnorcheldüser, Heckenrasierer oder wie die Dinger auch immer heißen mögen. Es wird getrimmt, gereinigt, abgesäbelt unter mir in meiner Straße. Dagegen ist das allmorgendliche Telefonat des Maitre de Plaisier auf der Terrasse des Café Behring lieblichstes Gesäusel. Ich versuche es dennoch und trage mich kurz mit dem Gedanken, ob ich nun auch tagsüber mit Ohropax herum laufen soll. Ich verwerfe den Einfall und bereite mich auf eine Friedhofsrunde vor. Vielleicht, dass der gewohnte Gang mich friedlich stimmt und mir die Schreiblust zurückbringt.

Kaum habe ich meine Richtung eingeschlagen auf der Behringstraße, als ich es von hinten schon schnaufen höre. Ich fahre zusammen, schaue mich um, aber da hat mich die Joggerin bereits erfasst, mein Ohr gestreift, ist an mir vorüber geackert. »Hey«, rufe ich ihr nach, »Entschuldigung sagt man!«

Aber sie kann mich gar nicht hören. Unter ihrem schwarzen Baseball-Käppi und über ihrem hautengen schwarzen Laufdreß ist sie ganz fest zugestöpselt. Wer weiß, was sie hört! Motivations-Anfeuerungsrufe? Gregorianische Choräle? Sanftes Vogelgezwitscher? Meditative Stille?

»Das ist genau wie mit den Fahrradfahrern auf den Bürgersteigen!« springt mir eine alte Dame zur Seite, die die Szene mit angesehen hat. »Keine Rücksichtnahme. Die brettern einfach da durch, ganz egal, ob sie einen Fußgänger unterpflügen oder nicht. Unglaublich!« Wir regen uns noch eine Weile miteinander auf, sehen dann wohl beide ein, dass es nichts nützt, wo wir uns doch sowieso vollkommen einig sind und der Feind gar nicht mithört. Also wünschen wir einander einen schönen Tag.

Ich biege in die Gondeker ein.

Hier sind noch immer die Abrissarbeiten auf dem ehemaligen Reichsbahngelände im Gange. Überflüssig zu sagen, dass das staubt, rumpelt und dröhnt. Der Flachbau ist jetzt fertig dem Erdboden gleichgemacht. Mein Schlauchmann lässt sich nicht mehr blicken. Sein Job ist wohl beendet. Na dann: Tschüß, lieber Schlauchmann, und ein schönes Leben noch. Wo immer du jetzt auch weilen magst! Vermutlich im Thüringischen, die Abbruchfirma kam von da, wie mir ein großes Transparent am Bauzaun erzählt hat.

Durch die Kiefholzstraße strebe ich dem Friedhof zu, in Erwartung einer Oase der Ruhe. Aber weit gefehlt! Schon am Eingang höre ich sie, die Trecker-Fahrer, die das weitläufige Gelände durchkämmen, um Zeit und Kraft zu sparen – ich verstehe sie ja – wenn sie Abfälle, verwelkte Blumen, Kränze einsammeln müssen.

Vielleicht um die nächste Ecke? Daß ich dort eine leise Stelle finde, wo die Füchse, Eichhörnchen und Vögelein wohnen? Aber nein: Der Mann mit dem meterlangen Gummirüssel in der Hand trägt große Kopfhörer. Schön für ihn. Liefern sie die bei Kärcher eigentlich gleich mit zu ihren röhrenden Maschinen? Dann hätte ich bitte auch so einen Lärmschutz. Oder einen Gutschein für zwei Packungen Wachskugeln aus der Apotheke.

Ich schaffe es, mich auf die liebe Sonne zu konzentrieren, so bringt mir mein Spaziergang möglicherweise doch noch die erhoffte Wirkung. Am Ausgang sitzen friedliche Zeitungleser in schwarz gewandet. Auf der Anschlagstafel sehe ich, dass heute zwei Trauerfeiern anstehen. Die Namen der Verblichenen sind mir unbekannt. Ich wünsche ihnen dennoch alles Gute – und dass die fleißigen Parkverschönerer wenigstens für die Dauer der Beerdigungen ihre Schlüssel umdrehen, ihre Kopfhörer absetzen und ein wenig Geräuschlosigkeit spenden.

Unterwegs verfugt jemand sein Haus, natürlich auch wieder nicht mit Spachtel und von Hand, sondern mit irgend einem der vielen Wunderdinger aus dem Baumarkt. Von weiter fort grüßt eine Bohrmaschine und –ach ja – ich wohne direkt hinter der S-Bahn. Das vergesse ich manchmal, weil die Zuggeräusche schon nicht mehr von mir wahrgenommen werden. Ich bitte Sie! Seit achtundzwanzig Jahren lebe ich hier in Baumschulenweg. Über dreiundzwanzig davon in einem Haus direkt an der S-Bahn-Trasse. Da gewöhnt man sich, das kann ich Ihnen versichern. Nicht jedoch an die endlos langen Güterzüge, die – so wie jetzt – mit gefühlt hundertzwanzig wummernden und eisenschlagenden Waggons vorübergejagt werden. Da muss man innehalten, da hört man nicht einmal mehr sein eigenes »Ommm« beim Yoga-Üben. Da schweigt der Mensch. Es lebe die Technik.

Vorm Café Behring grüßt mich ein erschöpft aussehender Maitre de Plaisier. Er trinkt einen Cappucino und sagt weiter nichts. Bei dem Lärm der alles beherrschenden Kärcher-Ungetüme kann er nicht einmal telefonieren. Armer Kerl.

Ich trolle mich in meine Wohnung, nehme am Schreibtisch Platz und fange an, mich darüber zu freuen, was für einen herrlichen Beruf ich doch ausüben darf. Jede –

einfach jede Erfahrung – ist zumindest als Anregung für eine Geschichte gut. Na, das ist doch mal positives Denken! Damit brauche ich mich gar nicht aus einem Walkman berieseln zu lassen; das stellt sich bei mir zum Glück auch so ein. Von alleine. Einfach durch Weiterleben im ganz normalen Alltag.

Als ich neulich übrigens aus Mallorca zurückkehrte, da konnte ich die überirdische Stille hier in meinem Kiez gar nicht fassen. Das ist wirklich wahr! So schön es in Cala Major auch war, aber durch besondere Stille zeichnet sich ein mediterraner Sommer in einer Feriengegend nicht aus. Allabendlich sangen aus verschiedenen Bars diverse Sänger um die Wette. Das Leben begann erst nach zweiundzwanzig Uhr, das kennt man ja. Mittendrin allerdings ist es eine Art Hexenkessel aus Musik, lauten Gesprächen, Kindergeschrei und Lachen, Geschirr- und Gläserklappern, Mopedmotoren, Brunftgeräuschen und wieder anderer Musik. Man kommt nicht zum Schlafen. Höchstens kurz – so zwischen vier und sieben Uhr – denn dann sind schon wieder die Müllautos unterwegs, die Wäschereifahrzeuge, die Zulieferer für die großen Hotels.

Und sind die verschwunden, machen Animateure Stimmung und rufen, singen, animieren mit Karacho. Aber Hallo! Niemandem soll hier langweilig werden, dafür haben wir ja schließlich alle auch bezahlt.

Und so kam ich nach Hause, horchte in die Treptower Luft und konnte mein Glück nicht fassen. Es war wie in einem Sanatorium: leise, sanft, das eigene Bett wie eine Wolke im Himmel.

Nun bin ich offensichtlich wieder verwöhnt genug, um dieses Geschenk nicht mehr würdigen zu können. Ich nörgele bereits am Lärm herum.

Wahrscheinlich sollte ich mal wieder nach Mallorca fliegen.

In einem Jahr – bestimmt.

erzählt meinem biografen:

er konnte des nachts oft nicht schlafen.

sich wach hinzulegen

frustrierte, dagegen

half nichtmal das zählen von schafen.

(Jan Panier, 2012)

»Mallorca, Luftspaziergang«

Wie passt Mallorca in ein Stadtstreicherinnen-Buch, das doch eigentlich in Berlin spielen sollte?

Na, ganz einfach! Erstens habe ich mich mit der vorherigen Geschichte – wie Ihnen, geschätzte Leser, sicherlich kaum entgangen sein dürfte – ganz sachte an die Insel herangeschrieben. Und dann ist es ja auch noch so, dass man das spanische Eiland nicht ohne Grund »das siebzehnte Bundesland« nennt. Der erste Resident, der mir begegnete in Genova, kam ursprünglich aus Charlottenburg. Ein Abstecher dorthin ist also quasi auch noch Deutschland, ist gewissermaßen ein erweitertes Berlin. Für mich jedenfalls. Und dann eben doch wieder nicht. Etwas ist anders. Zum Glück ist es das. Zum Beispiel die südländische Gelassenheit: »Was, du möchtest meine Pläne für Donnerstag hören? Aber wieso denn bloß? Heute ist erst Mittwoch...« Mir gefällt das. Von der Leichtigkeit, der Mühelosigkeit, die ich dort spüre – dass man einander das Leben nicht mit Absicht schwer macht – möchte ich etwas behalten, mit nach Hause nehmen, bitte nicht mehr verlieren müssen. Zu diesem Behufe habe ich mir Zehensandalen schenken lassen aus geflochtenem hellbraunen Leder, die – so stelle ich es mir jedenfalls vor – die mallorquinische Energie in sich tragen und mir schenken, wenn ich sie hier in Berlin überstreife. Ich bin auch auf Mallorca viel zu Fuß gegangen; sicherlich nicht weniger als hier. Es war eine wunderschöne Juni-Zeit, die ich 2012 an der großen Bucht vor Palma hatte, auch wenn ich wenig zum Schlafen gekommen bin.

Macht nichts. »Schlafen kannst du, wenn du tot bist«, sagt einer meiner Freunde gern. Nicht immer bin ich da mit ihm ganz einer Meinung, in diesem Falle aber tendenziell schon. Um jede unnötig verpennte Stunde wäre es schade gewesen. Ich habe Nächte durchgetanzt, eine kleine, feine Lesung abhalten dürfen, herrlich gegessen und getrunken und viel aufs Meer geschaut. »Genieße jeden einzelnen Moment«, habe ich den Rat eines anderen Freundes befolgt und mir die Inspiration für einen Romanschauplatz gesaugt. Seien Sie ruhig gespannt.

Dann kam der Tag des Abschieds. Muss ja sein. Lässt sich nicht vermeiden. Wenn es am schönsten ist, soll man gehen. Dann hätte ich eigentlich jeden Tag, jede Stunde »Auf Wiedersehen!« sagen müssen. Tja.

Wir trollten uns also zum Flughafen, der Geliebte und ich, und dort sieht man neben den aufrecht Reisenden auch jene Gestrandeten, die einen Malle-Urlaub als etwas Eigenes verstehen. Leute, die tief im Koma auf den Fußböden liegen, neben ihren herrenlosen Rucksäcken oder Koffern, und die bekleckerte T-Shirts tragen mit der Aufschrift »Tschüß, Niveau, bis Dienstag!« Oder so.

Einer von diesen Bedauernswerten musste sich auch im Kabinchen mit dem männlichen Signet auf der Eingangstür befinden, denn als ich bei den Damen nebenan dort einkehrte, hörte ich es vom anderen Toilettenteil her herzergreifend würgen. »Na, ob der sein Flugzeug schafft!«, mutmaßte ich still vor mich hin, schickte ein spontanes Dankesgebet gen blauen Himmel, dass ich das nicht bin, der so hundeübel ist; und hoffte allerdings bei allem Mitgefühl auch inständigst, dass nicht ausgerechnet so einer im Flieger neben mir zu sitzen kommen würde. In unserer Maschine, das wusste ich, würde es Dreierreihen geben. Neben mir am Fenster der Herzensmann, in der Mitte ich – und zum Gang hin? Wer würde der Dritte in unserem Bunde sein? Es war eine Dritte. Eine Frau, vielleicht Mitte Vierzig, mit schönen langen schwarzen Haaren, die ausatmend neben mir in den Sitz fiel.

Vorsichtshalber nahm ich gleich Kontakt mit ihr auf: »Guten Morgen,« sagte ich freundlich. »da bin ich aber froh, dass ausgerechnet Sie neben mir Platz nehmen und nicht jener junge Herr, den ich vorhin auf dem Klo so herzergreifend habe speien hören!«

»Mir ist auch schon ganz schlecht«, informierte sie mich sogleich. »Aber eigentlich nicht so sehr wegen mir selber. Sondern wegen meinem Mann.« Sie wies mit der rechten Hand auf ihn, der zwei Reihen schräg vor ihr im anderen Gang hockte. Mit der linken Hand kramte sie in ihrer Handtasche, fand Rescue-Tropfen und reichte sie dem Gatten hinüber.

Er war ein Kerl wie ein Baum, braungebrannt, groß, stark, mit Heldensilhouette im Gesicht. Allerdings auch mit einer Art grünlicher Blässe, die die Sonnenbräune jetzt nicht mehr überdecken konnte. »Was hat er denn, um alles in der Welt?«, erkundigte ich mich bei meiner Nachbarin.

»Flugangst«, sagte sie knapp. »Ganz schreckliche Flugangst.«

Im Folgenden erfuhr ich, dass er sich gestern Abend vor lauter Panik die Kante gegeben habe, was aber alles nichts genützt hätte. Er konnte trotzdem nicht schlafen, habe sie alle halb verrückt gemacht – auch die vier Kinder, die irgendwo in der Kabine verteilt saßen – und nun würden sie nicht einmal zusammen sitzen. Jeder müsse allein mit der Lage klarkommen. Aber sie habe jetzt erst einmal die Nase voll – wirklich voll! – denn an ihr sei alles hängen geblieben: Hotelrechnung begleichen, die Fahrt zum Flughafen, das Mietauto volltanken und abgeben, einen Lackschaden daran diskutieren und dann doch bezahlen, einchecken, Kinder beruhigen, den Ehemann stützen. Jetzt sei sie urlaubsreif – obwohl sie doch gerade aus dem Urlaub kommen.

Ich verstehe die Frau und lächle ihr zu. Von mir hat sie keinen Ärger zu erwarten. Ich bin ein ganz friedlicher Kunde. Zumal im Flugzeug. Wo ich auch nur überleben will. Heil wieder runterkommen. Klar.

Unterdessen nimmt schräg vor uns der Held die Stewardess beiseite, die soeben unsere Anschnallgurte kontrolliert. Ob es irgend etwas gäbe, fragt er sie beschwörend, das er einnehmen, und wodurch er so cirka eine Stunde würde schlafen können? »Ich kann mich ja mal erkundigen«, sagt die Frau vorsichtig. Sie will ihn sicherlich nicht vor den Kopf stoßen. Will vielleicht Zeit gewinnen. Wer weiß, wie viele solcher Passagiere sie jeden Tag beschwichtigen muss...

Nach ihr erscheint ein Stewart, ein junger Mann, und der schüttelt bedauernd seinen Kopf. Das tue ihm leid, sagt er, aber Medikamente dürften grundsätzlich nicht verteilt werden während eines Fluges. Wenn er, der Gast, so etwas benötige, dann müsste er sich schon am Boden damit selbst versorgen. Zu spät. Die Türen sind zu. Da gibt es keinen Fluchtweg mehr zu einer Apotheke. Resignierend schließt der Held die schönen Augen und lässt sich nach hinten an die Lehne sinken.

»Ich habe keine Ahnung, ob er das überlebt.« raunt seine Frau mir zu. »Er sagte sowieso, dies sei sein erstes und auch gleichzeitig sein letztes Mal. Lieber fahre er zwanzig Stunden mit dem Auto und setze mit Fähren über Ozeane über, als sich noch einmal in so eine Röhre zu begeben und in leeren Raum ohne Netz, doppelten Boden oder Balken zu starten.« Sie spricht zu mir wie zu einem Ausbund an Mut und Flugerfahrung. Das ist ja irgendwie auch nicht gelogen. Denn Mut ist nicht die

Abwesenheit von Angst, sondern etwas trotz seiner Angst zu wagen. Und flugerfahren darf ich mich inzwischen bestimmt auch mit Fug und Recht nennen. Nach meinem fünfundzwanzigsten Flug habe ich aufgehört zu zählen. Also, bitte. Offenbar sieht man es mir aber jedenfalls von außen nicht an, dass ich immer noch zu beten beginne, wenn so ein Vogel Anlauf nimmt, in dem ich drin sitze. Und immer noch greife ich nach der Hand meines Liebsten, wenn wir abheben; spanne die Muskeln in den Pobacken an, damit wir auch wirklich gut hoch kommen in die Luft.

Wieder einmal ist mir dies gelungen. Wir sind gut vom Start weggekommen und haben bald unsere Flughöhe erreicht. Der blasse Held lehnt immer noch stumm in seinem Sitz. Seine Frau stöpselt sich an das Bord-Unterhaltungsprogramm an und summt bald eine Melodie mit, die ich nicht erkennen kann.

Plötzlich reißt der Held seine Augen auf, sitzt kerzengerade und dreht sein edles Haupt nach links. Zwei Reihen vor mir ist leises Schluchzen zu vernehmen. Eine Frau fürchtet sich offenbar sehr vorm Fliegen und kann sich vor Angst gar nicht mehr lassen. Es geht ihr eindeutig schlecht; noch viel, viel schlechter als dem Helden. Die Stewardess und ihr Kollege beginnen sich um sie zu kümmern. Sie hören ihr zu, bieten ihr an, jedes einzelne furchteinflößende Geräusch extra zu erläutern, verabreichen ihr Wasser und gute Worte. Das alles scheint nicht viel zu helfen. Sie zittert, weint und weint und ist nicht zu beruhigen.

In diesem Moment tritt unser Held auf den Plan.

Weit streckt er seine starken Arme über den Gang, umfasst ihre Rückenlehne. Wir hinter ihm hören nicht ganz genau, was er sagt; aber er muss eine Art Zauberformel verwenden, denn die Frau hört auf zu weinen, sieht ihn aus geröteten Augen hoffnungsvoll an. Das wiederum scheint ihn anzuspornen, und so beginnt er zu reden, reden, reden, ohne Unterlass und ohne die geringste Spur von Müdigkeit.

»Ich erkenne meinen Mann nicht wieder«, flüstert mir meine Sitznachbarin zu. »So habe ich ihn ja noch nie erlebt.« Ich frage mich, ob sie wohl eifersüchtig ist. Die ängstliche Dame ist hübsch und noch nicht alt. Außerdem so unfassbar empfänglich für den Trost des ansehnlichen Mannes, dass einem schon gewissen Verdächtigungen auftauchen könnten. Aber die Ehefrau scheint auch zu schwanken. Ebenso stark wie die Eifersucht mag ihre Erleichterung darüber sein, dass ihr Mann einen Ausweg gefunden hat. Nun ist er nicht mehr bei sich und seinem Leiden, sondern bei einem anderen Menschen, dem es noch viel schlimmer ergeht als ihm selbst. Und dann stellt er fest: Verdammt, ich habe ja etwas zu geben! Meine Panik vergeht im selben Maße, in dem ich versuche, einem anderen Menschen zu helfen.

Selbsthilfegruppen funktionieren so. Was sich hier über den Wolken entwickelt, scheint mir eine Selbsthilfegruppe gegen Flugangst zu sein. Alle machen mehr oder weniger mit. Was denn das eigentliche Problem sei, fragen Mitreisende, die es selbst nicht kennen. »Na, Kontrolle«, antworten die Betroffenen. »Jegliche Kontrolle fahren lassen. Und so unfassbar viel leeren Raum unter sich zu wissen. Sich hilflos fühlen. Machtlos.« So, wie es gerade diese Menschen im normalen Leben eben mit Absicht nicht sind. Oder sich zumindest in Macht, Sicherheit wähnen.

Jetzt mische ich mich ein. Ich kann nicht anders. Ja, ich kommuniziere für mein Leben gern mit den Leuten, wenn ich den Eindruck habe, dass sich das für mich auch lohnt:

»Ich hatte auch mal fürchterliche Flugangst«, sage ich, und aller Blicke wenden sich mir zu. Was mir denn da herausgeholfen hätte? Sie denken wirklich, es sei aus und vorbei. Dabei – na ja, ich sagte es ja schon – keiner sieht meinen Adrenalinspiegel steigen, von außen. Ich erzähle von Gottvertrauen als Ratschlag. Davon, dass mir immer wieder Wohlmeinende versicherten, der Mensch sei dran, wenn er dran sei. Nicht früher und nicht später. Da kann so ein Flugzeug auch nichts ausrichten, wenn der Zeitpunkt noch nicht gekommen ist. Aber die stärkste Therapie, erzählte ich, sei mein Flug nach Dubai gewesen. »Ah!«, stöhnen sie, und »Oh! Jemand, der schon so weit geflogen ist.« Ich werde größer in meinem Sitz und lächle milde. »Aber das war noch nicht alles,« sage ich, »an diesem Tag gab es auch einen Startabbruch kurz vor dem Abheben!« Ahh! Ohhh! Aus allen Reihen, wie es mir vorkommt.

Besonders der Held schaut mich mit einer Mischung aus Ungläubigkeit und Bewunderung an. »Da wäre ich ausgestiegen«, sagt er tonlos.

»Das ging ja nicht.«, erzähle ich weiter. »Die Türen blieben zu. Drei Stunden lang auf dem Rollfeld, in Park-Position.«

»Ich wäre rausgekommen, glauben Sie mir«, versichert mir der Held.

»Er wäre rausgekommen«, bestätigt nun auch seine Ehefrau. »Notfalls durch die geschlossene Tür.«

Obwohl ich ihnen glaube, so feurig, wie sie mich jetzt angucken, gebe ich doch noch etwas zu bedenken: »Man weiß es ja am Anfang nicht, dass das drei Stunden werden«, sage ich. »Zuerst kommen Techniker, um zu checken, warum das Kontrolllicht im Display leuchtet. Dann muss neu betankt werden – beim Startabbruch ist viel Kerosin verbraucht worden – schließlich muss die ganze Außenhaut des Flugzeuges enteist werden. Wir hatten Januar, und es hatte inzwischen begonnen zu schneien. Jede Aktion braucht ihre Zeit, und auf einmal sind drei Stunden herum.«

»Und Sie,« fragt der Held. »haben Sie geschrien? Geweint? Ist in der Kabine keine Panik ausgebrochen?«

»Nichts dergleichen«, sage ich und fühle mich nun selber ein bisschen wie eine Heldin der Luftfahrt. »Ich wurde auf einmal ganz ruhig. Es war wie eine Konfrontation mit dem Schlimmsten – na gut, vielleicht Zweitschlimmsten, das ich mir hätte vorstellen können. Ich war – so ähnlich wie Sie jetzt – bereit, mich um die anwesenden Kinder zu kümmern, sie bei Bedarf auch in den Schlaf zu singen. Der Drang, jemand Schwächerem als mir zu helfen, stieg von selber in mir auf, ganz natürlich. Und dann diese Ruhe, die ich empfand. Kein anderes Gefühl! Bis zu dem Augenblick, als wir schließlich zum zweiten Startversuch ansetzten. Da erschien das Gegenteil dieses seltsamen inneren Friedens. Ich erwürgte fast den neben mir Sitzenden, als der Pilot seinen Vogel in die Luft brachte. Aber alles ging gut. Und ich habe eine Art Feuertaufe bestanden.« Die Bewunderung tut mir gut. Sie beflügelt mich geradezu. Nur so ist es zu erklären, dass ich jetzt auch noch Werbung mache für jenen Roman »Sieben und eine Nacht«, in dem ich die eben beschriebene Szene verarbeitet habe. Jeder der Umsitzenden verspricht mir, nach dem Landen als erstes jenes Buch zu kaufen. Ich glaube, sie haben es alle getan und ihr Versprechen umgehend gehalten.

»Hallo, meine Damen und Herren, hier spricht Ihr Kapitän«, ertönt aus dem Bordlautsprecher. Wir werden darüber informiert, wie kalt es ist, wie hoch wir fliegen, wann wir voraussichtlich in Berlin sein werden. »So etwa in einer halben Stunde schlagen wir dann in Tegel auf.«

Das hat er wirklich gesagt! Das hätte er nicht sagen sollen, finden die Erbinnen in meiner Seele, die sich immer noch an die alten, uralten Glaubenssätze halten wie: »Beschrei es nicht! Das bringt Unglück.«

Aufschlagen! Was für ein Wort, was für eine Assoziation, was für eine schlimme, schlimme Affirmation in einem Flugzeug, das sich soeben für einen Landeanflug bereit macht und sich weiß Gott immer noch hoch genug über dem Erdboden befindet, um uns alle miteinander ins Nirwana befördern zu können.

»Bitte, nicht aufschlagen«, sage ich zur Sicherheit in meinem Geiste und falte – ebenfalls zur Sicherheit – meine Hände im Schoß. Der Held ist zwar ein wenig blasser um die Nase geworden, er lässt aber nicht ab von seiner Strategie und von der Frau, die an seinen Lippen hängt. »Das wird schon«, sagt er zu ihr, und seine Stimme bebt nur ganz, ganz wenig dabei. Wir sehen nun schon jenen Flughafen, auf dem wir dieser Tage eigentlich hätten landen sollen, unter uns. Es wackelt ein bisschen, und unser Flugzeug beschreibt leicht hoppelnde Bewegungen. »Enorm viele Schlaglöcher hier«, sagt ein Witzbold. »Keine Sorge, das muss alles genau so sein«, sagt der Held zu seiner Schützlingin. »Ist vollkommen normal.«

Und dann geschieht etwas, liebe Leser, das glauben Sie mir jetzt vielleicht nicht. Nichtsdestotrotz hat es sich ganz genau so zugetragen, und wer dabei war an diesem Tag in diesem Flieger und nicht gerade fest geschlafen hat, der wird es Ihnen bestätigen: Wir fassen einander über die Reihen hinweg an den Händen. Jeder, der kann und mag, nimmt eine Hand. Ich die meiner Nachbarin und ihres Helden. Er seinerseits die der ängstlichen Dame und des

Witzboldes. Und so weiter, und so fort. Viele Hände sind verbunden.

So bleiben wir, bis ein harter Ruck anzeigt, dass wir tatsächlich »aufgeschlagen« sind, dass die Räder Bodenberührung haben und wir wieder Erdkontakt.

Erst da lassen wir einander los, sehen uns mit breitem Grinsen an. »Noch mal«, sagt die Ehefrau neben mir. »Es war so schön.«

Hätte nur noch gefehlt, dass wir auch den Gelassenheitsspruch miteinander gesprochen hätten, wie er ja in einigen Selbsthilfegruppen üblich ist, am Ende jedes einzelnen Meetings. Sie kennen ihn schon? Er passt auf alles im Leben, und ich finde, man kann ihn nicht oft genug zitieren. So kommt auch dieses Buch, dieser Text, nicht ohne ihn aus, beschließe ich jetzt.

»Gott, gebe mir die Gelassenheit,
Dinge hinzunehmen, die ich nicht ändern kann,
den Mut,
Dinge zu ändern, die ich ändern kann,
und die Weisheit,
das Eine vom Anderen zu unterscheiden.«

Was ist schon mit dem Wetter draußen,

Wenn innendrin die Sonne scheint.

Die Hände dir das Haar zerzausen,

Umarmend, wärmend und vereint.

Ach, könnte doch solch ein Moment

Für ewig fortgesetzt erstarren.

Das kann er nicht, doch in mir brennt

Der Wunsch, Unmögliches zu narren.

Denn wenn es schon nicht ewig wird,

Dass wir eng aneinander ruh'n,

Dann wird dies dadurch simuliert,

Dass wir's so oft wie möglich tun!

(Jan Panier, 2012)

»Das Verleger Casting«

Ich veranstalte ein Verleger Casting. Anders weiß ich mir nicht mehr zu helfen. Es sind einfach zu viele.

Täglich rufen sie an. Alle wollen sie meine Bücher machen. Was heißt »machen«. Gemacht sind sie ja schon. Ich höchstpersönlich habe sie geschrieben, alle vierzehn. Wenn Sie dieses hier mitzählen, dann sogar alle fünfzehn.

Bücher werden ja schon angepriesen, ihre bunten Titelbilder hoch glänzend in schönen Prospekten abgebildet, selbst, wenn der Autor noch schwitzend und mit zerrauftem Haupthaar, ungewaschen, ungeatzt über ihren ersten Kapiteln brütet. Also fünfzehn. Dieses hier ist ja schon weit fortgeschritten. Ich könnte es gleich mit verkaufen. Eine Idee für den Buchumschlag habe ich auch schon. Selbst entworfen! Aber Hallo!

Nur – welchem der bei mir Schlange stehenden Verleger soll ich nun den Zuschlag geben? Ich sortiere.

Die ersten werden gar nicht erst zu mir vorgeladen. Ich kann sie nicht leiden, sie haben mir zu oft abgesagt, meine Exposés mit schnöden Massenworten zu mir zurück geschickt oder gleich einbehalten. Immer stand da die gleiche Formulierung: »Bei den Tausenden von Einsendungen, die wir Tag für Tag bekommen, bitten wir Sie um Ihr Verständnis, dass wir nicht detailliert auf die Gründe unserer Entscheidung eingehen können.« Oh ja. Ich hatte Verständnis. Und wie ich Verständnis hatte! Bevor ich mich ein weiteres Mal weinend auf meiner Auslegware im langen, langen Altbauflur zusammenrollte und unter bitteren Tränen von vorn nach hinten wälzte (und wieder zurück), und eine neu heranschleichende

Depression auf diese Weise doch nicht verhindern konnte. Wie lange soll ich denn auch ein totes Pferd reiten, flüsterten mir meine allertrübsten Gedankengespenster zu, bevor ich endlich aufwache und etwas anderes arbeite, verdammt noch mal. Tja.

Ich bin zwar irgendwann immer wieder aufgewacht, will sagen: Aus dem dunklen Tal wieder auferstanden. Jedoch, etwas anderes arbeiten, das geht für mich aus irgend einem Grunde nicht. Es kam mir immer wieder nur ein nächstes Buch in den Sinn, eine neue Idee, eine Inspiration, die mich zum Laptop trieb und schreiben, schreiben, schreiben ließ, als gelte es mein Leben oder die Welt zu retten. Oder beides. Das eine ist vom anderen ja auch nicht wirklich zu trennen.

Das ist nun alles vorbei. Sie schlagen sich um mich und um mein Werk. Vor mir steht jetzt die Aufgabe, den Richtigen, die Richtige für mich herauszufinden. Sie sind entzückt über die Fülle meiner literarischen Produkte.

»Was, so viele?!«, rufen sie aus und können ihr vielleicht bevorstehendes Glück kaum fassen. »Die haben Sie alle ohne Auftrag – nur aus sich heraus – entwickelt, kreiert, im Mini-Team verlegt? Die können wir ja nun der Reihe nach erneut herausbringen! In einem Schuber. ›Gesammelte Werke von Katrin Richter‹. Sie können in aller Ruhe tun und lassen, was Sie wollen. Es gibt ja erst einmal Stoff für Jahre!« Sie überbieten einander mit Angeboten.

Ich mag Geld. Das ist schon mal ein gutes Argument. Die das nicht verstehen, fliegen sofort raus. »Ich bitte Sie um Ihr Verständnis dafür, dass ich meine Absage nicht detailliert begründen kann. Bei der Flut von Offerten, die mich jeden Tag erreichen, ist mir das leider nicht möglich.« Ach ja, eine Floskel fehlt noch: »Danke, dass Sie an mich gedacht haben. Ich wünsche Ihnen andernorts viel Erfolg und alles Gute für Ihre weitere Arbeit.«

Ich weiß genau, was ich will. Es muss jemand sein, der mich zu schätzen weiß. Jemand, der oder die genau diesen originellen Blick auf die Wirklichkeit akzeptiert und über ihn bestenfalls jubelnd in die Hände klatscht. Das soll nicht überheblich klingen, was ich Ihnen hier erzähle. Jeder von uns hat diese einzigartige Sicht auf alles. Ich glaube, keine zwei Menschen sehen das selbe Bild, wenn sie einfach so aus sich heraus schauen. Ich halte mich also beileibe für nichts Besonderes. Aber ich schreibe Bücher! Und das tut nicht jeder.

Dafür koche ich keine Fünfgängemenüs oder konstruiere keine Luxushotels. Ich bin sehr schlecht als schenkelklopfende Stimmungskanone und kann weder stricken, Holz hacken, Programmieren noch Reden europäischer Politiker ins Polnische übersetzen. Aber da ist diese eine Sache, und die liebe ich, die übe ich, die tue ich für mein Leben gern – und die beherrsche ich auch in meinem Maße, wenn ich das in aller Bescheidenheit mal sagen darf. So war es möglicherweise nur eine Frage der Zeit, wann sie sich bei mir einfinden, die Verleger und Verlegerinnen. Die, die ich schließlich einlade, dürfen zunächst einen Kaffee mit mir trinken. Wir reden, ich schaue sie mir an. Erkläre ihnen, was mir wichtig ist (siehe oben).

»Dürfen wir denn dann in jedem Jahr auch weiterhin mit einem oder sogar zwei neuen Büchern von Ihnen rechnen?« Die Dame hat eine scharfkantige rote Brille auf, die gut zu ihrem Lippenstift passt. Ein enges beigefarbenes Kostümchen drohte vorhin beim Platznehmen über den Popo etwas hochzurutschen, das zupfte sie sich – wie sie meinte – unauffällig wieder zurecht. »Keine Ahnung!«, sage ich, denn woher soll ich das wissen? Die Inspiration ist eine verantwortungslose und eigensinnige Fee. Sie kommt und geht, wann sie das will. Ich bin nur der für sie offene Kanal. Sie ist meine Chefin, und sie weckt mich manchmal mitten in der Nacht, wenn ich eigentlich schlafen will. Dann lässt sie mich zu Papier und Bleistift greifen und diktiert mir Sätze. Dann wieder zieht sie sich für Wochen, Monate zurück und lehrt mich vor allem eines: Geduld.

»Woher soll ich das wissen?!«, sage ich also zu der beigen Dame und streiche auch sie in Gedanken von meiner Liste. Mich darf auch niemand unter Druck setzen. Bei mir kommt schon genug Druck von selbst, aus meinem Inneren. Ich weiß, wann ich zu arbeiten habe, und dann hält mich auch nichts auf. Disziplin ist eine hohe geistige Tugend für mich. Dazu brauche ich keinen anderen Menschen, der mich antreibt.

Am Ende sind nur noch vier Verleger übrig, die das jetzt verstanden haben. »Okay,« haben sie mich – jeder auf seine Weise – angenickt, »wir wären bereit, Sie so zu nehmen, wie Sie sind, und es in aller gebotenen Schaffens-freude zu genießen.«

Dann ist es ja gut, denke ich und lade das Quartett zur letzten Prüfung ein, einem langen Spaziergang: um den Friedhof, durch die Königsheide, über Johannisthal, das Flugfeld, bis nach Adlershof rüber. Schon an der Eisdiele »Blaue Lagune« stöhnen die ersten beiden. Sie haben Hunger, Durst, Appetit auf Eis, es tun ihnen die Füße weh. Ich lasse sie zurück. Nun können sie Espresso schlürfen so viel sie wollen. Meine Bücher vertraue ich ihnen nicht an. Mit den letzten beiden gehe ich weiter.

Wenn ihnen etwas schmerzen sollte – Zehen, Knie, Rücken oder was-weiß-ich – sie lassen es sich nicht anmerken. Die zwei sind zäh. Das stelle ich insgeheim mit Anerkennung fest. Ein junger Mann. Eine ältere Lady. Ich spiele schon mit dem Gedanken, meine Veröffent-lichungen vielleicht gerecht unter ihnen aufzuteilen, da sagt der Jüngling etwas in meiner Welt vollkommen Unverzeihliches: »Natürlich bekommen wir alle Verwertungsrechte Ihrer Bücher, aber das war Ihnen ja eh klar. Außerdem, bitte: Keine weiteren Pseudonyme. Und über Lesereisen bestimmen wir, schließlich müssen wir Sie ja global vermarkten. Aber das war Ihnen ja eh klar.«

Nein. Das war mir nicht klar. Oder anders gesagt: Das war mir vielleicht schon klar, nur will ich es nicht. In meiner Welt sind Verlage Dienstleister für Autoren, schöpferische Menschen. Sie sind nicht ihre Bosse.

Der Jüngling darf die S-Bahn nehmen.

Die Verabschiedung war knapp und frostig. Immerhin: Vom Wandern, da versteht er etwas.

Die Lady und ich, wir bleiben zurück. Direkt an der Stelle, wo der Astronaut Reinhard Furrer 1995 während einer Flugshow abgestürzt war – mein Liebster und meine beiden Kinder sind damals vor Ort gewesen, und ich kann mich heute noch an ihren Schock erinnern – setzen wir uns auf eine Bank.

»Und nun?«, frage ich die Lady, die sich sichtlich freut, das Casting gewonnen zu haben.

»Nun machen wir das Beste daraus!« lacht sie mich an.

»Heißt?«, frage ich sie zurück.

»Das heißt,« sagt sie und strahlt mir gütig zu wie die EINE Ältere, die ich mir zeitlebens immer gewünscht habe, dass sie mich tragen möge, »das heißt, dass wir mit deinem ersten Buch beginnen – ich darf doch DU sagen? – und uns dann ganz allmählich voran arbeiten, wir zwei.«

»In meinem Tempo?«, frage ich, mit einem Anflug alter Ängstlichkeit.

»Ich deinem Tempo«, sagt sie schmunzelnd. »Oder ein bisschen langsamer.«

Noch nie im Leben habe ich mich so wohl gefühlt in der Gegenwart einer reiferen Geschlechtsgenossin.

Das ist sie! Das ist meine Verlegerin, wie ich sie mir in meinem kühnsten Träumen ersehnt habe und meine Höhere Macht nicht aufhören konnte, um ihr Erscheinen zu bitten. Ich bin erhört worden. Ich Glückliche. Die Suche nach dem Super-Verleger, mein Casting, sie – beziehungsweise es – hat sich alles gelohnt.

Ich bin ein Ausbund an Dankbarkeit und Freude, als aus den steppenartigen Wiesen Reinhard Furrer auftaucht, freundlich grüßt und sich zu uns auf die Bank setzt.

»Verlegerin sind Sie also?«, wendet er sich an meine neue mütterliche Freundin, Kollegin, und Gott weiß, woher er diese Information hat. Die Lady nickt, und eifersüchtelnd sehe ich, wie sie ihn jetzt ebenso warm anblickt wie soeben doch noch mich. Mich allein. Herrgott noch mal!

»Ich hätte da eine prima Buchidee«, sagt der Raumfahrer. »Mein Leben hüben und drüben. Da ist alles drin, was ein Bestseller braucht. Abenteuer, Wissenschaft und Technik, Risiko, Scheitern, der Tod und mein Leben nach dem Tod. Spiritualität, Übersinnliches. Ach ja, und drei verschiedene Romanzen hätte ich auch noch anzubieten.«

Ich will aufspringen, ihm den Mund zuhalten, aber es ist schon zu spät. In den Augen der Verlegerin glimmt etwas auf, das ich gar nicht erst analysieren will. Es ist jedenfalls etwas, das bei mir vorhin noch nicht geglommen hatte.

Ich bin wirklich eine glückliche Frau. Denn in diesem Augenblick trifft unten auf der Straße das Müllauto ein, und sein fröhliches Gerumpel weckt mich auf. Ich greife zu Papier und Bleistift neben meinem Kopfkissen, notiere: ›Verleger Casting. Flugfeld. Übersinnliches‹ und schraube mich von meinem Nachtlager empor, strebe zur Kaffeemaschine hin.

›Kein Tag ohne Zeile‹, denke ich. Das ist die einzige Garantie, die ich nach zwölf Jahren Beruf für mich zu wissen glaube. ›Kein Tag ohne Zeile‹, schreibe ich an diesem Morgen als erstes in mein blaues Tagebuch. Nummer siebenunddreißig.

Nichts auf dieser Welt ist jemals ohne Hoffnung. Ob die Verleger nun bei mir Schlange stehen oder nicht.
Noch nicht!

DER SCHLAFWANDLER

Das eine tut er oft und viel:
Ihm fehlt der Ernst, er spielt ein Spiel.
Er hält sich für des Glückes Kind
und wirbelt wie ein Blatt im Wind,
lebt ohne ein bestimmtes Ziel,
weiß nicht, was seine Träume sind.

 Und während er sich treiben lässt
 im wilden Strom, schon arg durchnässt,
 in den er immer tiefer sinkt
 und schließlich nahezu ertrinkt,
 da hält ihn plötzlich jemand fest.
 Er staunt, wie leicht ihr das gelingt.

Hat sie dies aber auch erkannt?
Er denkt: ›Da hast du dich verrannt.
Sie ist dafür viel zu weit weg!‹
Und dennoch kommt er nicht vom Fleck.
Er zögert, doch er geht an Land.
Die Hoffnung wird sich selbst zum Zweck.

 Er sieht, wie sehr sie ihm gefällt,
 auch wenn er ihr's nicht gleich erzählt,
 denn sie ist ein verschrecktes Reh,
 denkt, sie tut ständig allen weh.
 Der Eindruck, den er selbst erhält,
 stößt sich daran den großen Zeh.

Verunsichert sind beide nun
und könn' nichts füreinander tun.
Doch weil sie woll'n und deshalb müssen,
entscheidet sie, ihn sanft zu küssen.
Die Lippen, die auf seinen ruh'n,
wie lang Bekannte freundlich grüßen.

 Die ›sie‹ bist du, der ›er‹ bin ich.
 Das wusstest du schon, sicherlich.
 Auch, dass wir sehr verschieden sind -
 du bist schon groß, ich noch ein Kind.
 Ich wünsch' mir, dass du weißt: Für mich
 bist du ein Traum, der grad beginnt.

(Jan Panier, 2012)

»Sportplatzrunde«

»Dieser Teil des Friedhofs war mal ein Sportplatz«, hatte er zu ihr gesagt. Und jetzt, wo er es ihr erzählt hatte, sah sie es auch: Das ovale Rund, heute ein asphaltierter Weg, mag einmal eine Aschen- oder Tartanbahn gewesen sein. Oder was sie damals – sie hatte ihn nicht nach einer Jahreszahl gefragt – auch immer verwendeten für eine Laufstrecke.

Die Sprinter oder Ausdauertrainierenden von damals sind vielleicht immer noch hier; nur ein wenig stiller, ein wenig unbeweglicher, und eins achtzig tief unter der Erde.

Wieso bin ich heute so düster?, denkt sie beim Gehen, Schritt für Schritt und Schritt für Schritt und immer wieder Schritt für Schritt für Schritt. Weil er nicht da ist, antwortet ihre innere Stimme. Er war es gestern nicht und vorgestern auch nicht. Dabei hat er gesagt: »Bis morgen!« und meinte einen Tag damit, der nun schon um eine ganze Woche zurück liegt.

Wo ist er bloß? Warum erscheint er nicht? Hat sie etwas gesagt, irgend etwas, das ihn verschreckt haben könnte? Sie forscht und grübelt in sich selbst herum, aber sie kann nichts finden. Nichts, das dieses Verhalten rechtfertigen könnte aus ihrer Sicht. Erst war er da, nun ist er fort. Und sie dreht ihre Runden wieder allein. Kein Marathonlauf, nur ein Spaziergang. Wie jeden Tag. Zuerst allein, dann ihm begegnend. Nun wieder allein. Sie versteht es nicht. Ob es ihr die eventuell hier herumschwebenden Geister der verstorbenen Sportler werden einflüstern können?

»Wenn Sie auf den linken Teil des Friedhofs gehen,« hatte er zu ihr gesagt und mit dem rechten Zeigefinger in die Wildnis Richtung S-Bahnstrecke gewiesen, »dann nehmen Sie besser ein Handy mit. Dort findet Sie keiner, wenn Sie verloren gehen. Aber es gibt da ein Grab, darauf brennt immer ein Kerzenlicht. Das geht nie aus. Der Sohn kommt jeden Tag, obwohl seine Eltern nun schon seit vierzig Jahren tot sind.«

Ob er auf jenem dschungelartigen Friedhofsareal verloren gegangen ist? Sie traut sich nicht, allein dorthin zu gehen, nachzuforschen. Sie hat außerdem kein Handy, so eigenartig das auch klingen mag: Eine handylose Zeitgenossin. Heutzutage! Aber es ist so. Er besitzt bestimmt ein tragbares Telefon. Besaß? Soll sie von ihm bereits in der Vergangenheit sprechen?

Sie trottet vor sich hin wie immer seit – seit wie vielen Jahren eigentlich?

Irgendwann hat sie entdeckt, dass ihr das bei der Arbeit hilft. Den Kopf frei machen, ein paar Schritte gehen, tief durchatmen. Hinterher fließt es um so leichter. Sie übersetzt Bücher vom Englischen ins Deutsche, und das ist ein harter Job, wenn man davon leben will.

»Ein Spaziergang, der gehört bei mir zur Arbeitsplatzbeschreibung!«, sagt sie gern und so oft, wie sie von Nachbarn, von Passanten danach gefragt wird. Ihrer beider erstes Gespräch fing auch damit an, wenn sie sich recht erinnert. Plötzlich war auch er da, drehte diese Runde in entgegengesetzter Richtung als sie selbst. Am ersten Tag stimmte sie das noch ungnädig. Sie war ja schließlich extra von der Spree hierher gewechselt. Auf dem anderen Weg entlang des Plänterwalds am Wasser schien es ihr inzwischen etwas overcrowded, überfüllt. Skater kreuzten die Bahn von Radrennfahrern; Jogger fühlten sich gebremst durch Schlenderer. So ging das nicht mehr weiter, da kam sie auf keinen eigenen weiterführenden Gedanken – geschweige denn zu einem freien Hirn. So suchte sie sich eine neue Strecke, und die beging sie Tag für Tag allein. Kaum jemand außer ihr war hier, nur die Friedhofsgärtner, diejenigen, die auf Beerdigungen warteten, schon welche hinter sich hatten – oder auch Musiker, die eine der Trauerfeiern stimmungsvoll begleiteten. Ein Saxophon hatte sie schon gehört, eine Gitarre, einen Trompeter. Allesamt schön und traurig und irgendwie verborgen. Denn wenn sie spielten, kam sie ihnen auf ihrer Umlaufbahn nicht nahe. Und hinterher, wenn sie wieder am Ausgang angelangt war nach ausgedehntem Aschenbahn-Oval, da waren die Tonkünstler schon wieder irgendwohin verschwunden. Vielleicht zu einem nächsten Auftritt unterwegs. Freie Musiker haben es nicht sehr viel leichter, ihre Existenz zu sichern, als sie selbst. Da hat sie volles Verständnis.

Na ja. Und als sie sich nun gerade so schön eingelaufen hatte, eingegrooved beim Gehen, schon nach ganz kurzer Zeit in Meditation versunken, da war er aufgetaucht. Stöpsel in den Ohren, verschlossenes Gesicht. So sah sie ihn von fern schon näherkommen, ihren Gegenweg passieren, ohne Gruß vorbei kreuzen, in die entgegengesetzte Richtung verschwinden.

Wie viele Male waren sie so aneinander vorüber gelaufen, bis sie sich einen Gruß zu nickten? Wie oft, bevor sie lächelten beim Grüßen? Und wie viele Wochen waren wohl ins Land gegangen, bis er endlich die Stöpsel aus den Ohren nahm, sie grüßte, anlächelte dabei, stehen blieb und ansprach?!

Eines Tages war es jedenfalls soweit, und damit war auch der Damm des Schweigens zwischen ihnen gebrochen. Von nun an hielten sie jedes Mal kurz inne, wenn sie sich trafen, wechselten ein paar Worte, erzählte er ihr kleine Anekdötchen, die er inzwischen von der Friedhofsverwaltung erfahren hatte. Informierte sich auch über die Romane, die sie bis jetzt schon übersetzt hatte. Sie glaubte fast, er hätte sich sogar schon einige davon gekauft.

Dann wurden sie mutiger, ausgelassener, sie beide. »Bis morgen!« riefen sie einander fröhlich zu, und das klang fast schon wie eine Verabredung. Noch wusste sie kaum etwas von ihm; nur, dass er in einer Behörde jenseits der S-Bahnstrecke arbeitete und so seine Mittagspause verbrachte. Seine Kollegen saßen lieber auf Bänken beim Kaffee in der Sonne, keiner von den anderen wollte ihn begleiten. Also lief er eben allein los, traf sie und hatte eine neue Bekanntschaft gemacht. »Bis morgen!«, hatte er auch am Tag seines Verschwindens gesagt.

Sie dreht seitdem brav und pünktlich ihre Runden, hat wieder ihren Kopf nicht frei, weil sie nun überlegen muss, was da wohl schiefgegangen sein könnte.

Ich bin die Stadtstreicherin. Mir hat sie's erzählt.
Seitdem forste ich den Lokalteil unserer Zeitung aufmerksamer durch und schaue mir die Gesichter der Leute rund um den Friedhof Baume genauer an. Kann ich ihr behilflich sein? Finden wir ihn gemeinsam? Am Ende planen wir noch eine Expedition in jenen geheimnisvollen Teil des ehemaligen Sportplatzes hinein. Natürlich mit Handy, Schlafsack, Thermosflasche. Das ist klar.

Männer gehen manchmal verloren. Die Gründe können ganz verschieden sein. Er war verheiratet, hat drei Kinder und musste das Ganze an dem Punkt schnell beenden, an dem es ihm zu brenzlig wurde. Oder er wurde versetzt von seiner Dienstbehörde, in einen anderen Stadtbezirk, einen anderen deutschen Standort gar. Vielleicht nach Böblingen oder nach Karlsruhe. Na, da bleibt er uns ebenso verschollen und verborgen wie im Gestrüpp des alten Friedhofsteils. Soviel ist klar. Wo sie ja nicht mal seinen Namen kennt.

Sie schreibt jetzt selbst ein Buch und übersetzt es simultan gleich mit ins Englische. Ich glaube, es wird sicherlich ein Bestseller. »The lost man«, heißt es. Auf deutsch: »Der verschollene Mann auf dem Friedhof«. Ein Krimi mit spirituellem Aspekt. Oh doch, das wird sich gut verkaufen. Ich wünsche es ihr. Jedes Mal, wenn ich sie sehe, frage ich sie nach dem Fortgang der Geschichte. Aber so recht will sie nicht raus mit der Sprache. Ich verstehe sie ja. Man zerredet kein in Arbeit befindliches Stück. Das bringt Unglück und stört den Ideenfluß. Ein alter Aberglaube und eine frische, neue Einsicht.

Wenn ich über den Sportplatz-Friedhof gehe, dann kann ich mir neuerdings nicht helfen: Es scheint dort jemand zu wohnen. Er lässt sich nicht recht blicken. Manchmal schiebt sich der Rest eines Fahrradrahmens in die Büsche. Ab und zu hockt jemand an einem der allgegenwärtigen Wasserhähne und wringt ein Tuch aus. Wenn ich auf seiner Höhe angekommen bin, ist er längst wieder fort. Er huscht genau so wie die Füchse und die Eichhörnchen, die hier seit langem leben. Ich habe es ihr nicht erzählt. Für ihr Buch braucht sie die schwebende Hoffnung, das offene Ende, die losen Fäden einer Handlung. Sonst entweicht ihr der Zauber vor der Zeit.

Ich weiß, wovon ich da rede. Und er weiß es auch. Er hat es mir erzählt. Ich bin schließlich die Stadtstreicherin. Mir erzählt jeder alles. Und es bleibt bei mir. Das wissen sie.

Alle.

TAGE MIT DIR

Erwachen, / dort, nicht weit von mir,
Zwei Azurite, / leuchtend blau
Sie lachen, / sie gehören dir
Und warme Farbe / fließt ins Grau

Das Glück / – beschreiben lässt sich's kaum –
Ich lächle nur / und seufze tief
Zurück! / Zu groß der Zwischenraum
Hier zwischen uns / seitdem ich schlief

Umarmung, / fester als gewöhnlich
Ist alles, / was ich derzeit will
Zur Tarnung / gähne ich ein wenig
Umschling' dich dann / – wie unsubtil!

Die Leidenschaft / hält uns gefangen
Sie jagt die Zeit, / die rasch vergeht
Aus eig'ner Kraft, / so muss man bangen,
Niemand dem Andren / widersteht

Am Ende / ist man sich vertraut
Der Tag / ist auch schon fast vergangen
Die Hände / ruhig auf deiner Haut
Dein Atem / - immer noch Verlangen!

So froh / dass es dich nicht nur gibt,
Nein, / ich darf auch noch bei dir sein
Chapeau! / so lang so sehr verliebt
Und hoffentlich / auf immer dein!

(Jan Panier, 2012)

»Tempelspaziergang«

Ich habe eine kleine Eule mitgehen lassen. Und nun weiß ich nicht, ob das mein Karma auf lange Zeit wieder verdirbt. Sie ist rosa und braun und violett und sieht verwegen aus. Ohne Brille stach sie mir sofort ins Auge. »Wie gut, dass Künstler auch im Kommerz ihren Platz finden«, hatte ich gedacht und angenommen, jene coole Klamottenfirma muss einen Maler oder Grafiker beauftragt haben, jenes Tierchen als Signet zu kreieren. Jedes Teil der aktuellen Herbst-Kollektion trägt sie als runden, glänzenden Anhänger, die als weise jedem Kind bekannte Figur. Ihre Augenbrauen sind gen Himmel geschwungen, ihre Flügelchen enden mutwillig im Nirgendwo. Ich musste sie einfach anfassen, in der Hand wiegen, probehalber das rosa Bändchen lösen, mit dem sie an einem Shirt befestigt war und dann weitergehen. Ich weiß ja, ich darf das nicht. Wer einmal soweit gekommen ist wie ich, der kann nicht einmal mehr eine Büroklammer einstecken, wenn sie ihm nicht gehört. Alles, jede kleinste Kleinigkeit des Zwielichts bringt meinen Stand ins Wanken. Und da macht es keinen Unterschied, ob ich ein Auto klaue, jemandem den Ehemann ausspanne oder eben ein Etikett von einer Jeans entferne.

All das weiß ich ganz genau. Dennoch – dieses Eulchen rief nach mir. Längst durchstreifte ich andere Bereiche des Einkaufstempels, befühlte ich hier ein im Preis gesenktes Tuch, hielt ich mir dort einen Kaschmirstoff an die Wange. »Haa-looooo...«, flüsterte es aus der Richtung des Eulchens, und ich dachte im Stillen: »Vielleicht – im Namen der Kunst?...« Ich brauche das nämlich, dass ich hin und wieder einen Aufkleber vom Boden klaube, die erste herzförmige Kastanie der Saison im Handteller berge, ein Steinchen, Muschelchen, Fetzchen sichere, das mir irgend etwas sagt, mich zu etwas anregt, bestenfalls einem neuen Gedanken.

Dieses Eulen-Motiv, es lag jedoch keinesfalls auf meinem Weg – oder wenn doch, dann jedenfalls nicht lose, vor meinen Füßen. Ich musste eine gezielte kriminelle Handlung begehen (rosa Bändchen aufknüppern), um an das Scheibchen zu kommen, und das finde ich doch schon sehr bedenklich. Denn am Ende konnte ich dem Ruf nicht widerstehen. Auch wenn ich inzwischen die Brille aufgesetzt hatte und erkennen musste, dass ein Computerprogramm die Flügelchen, Augenbrauen, rosabraunen Augen und die Musterung des stilisierten Gefieders akkurat ausgerechnet und gestaltet hatte. Der Maler in seinem Atelier war weiterhin ohne Auftrag geblieben und schlürfte seinen Pfefferminztee mit trocken Brot. Ich konnte keine Rücksicht darauf nehmen. Die Eule wollte in mein Tagebuch. So griff ich nach ihr, steckte sie in die Tasche meines Beutelchens, das ich im Sommer immer bei mir trage, und verschwand aus dem Laden.

Schwankend zwischen Lust am erworbenen Stück und pulsierendem Gewissen klebte ich noch in dieser Nacht das Eulchen hinten in mein Tagebuch. Es passt wundervoll auf den schwarzen Karton der allerletzten Seite. Genau, wie ich es mir vorgestellt hatte. Auf mich wirkt das Tier wie ein Freund. Als wäre es lebendig und würde zu mir sprechen. »Soll ich das Hemd kaufen, an dem du gehangen hast?«, frage ich noch in der selben dunklen Stunde. »Nur, um wiedergutzumachen?«

»Tut nicht not«, antwortet die Eule. »Ich habe ja nach dir gerufen. Ich fehle nirgendwo. Und bringe dir so viel.«

Das kommt mir vor wie schwacher Trost. So billig will ich mich nun selber nicht davonkommen lassen.

»Du lagst aber nicht lose vor mir auf dem Gang«, wende ich ein. »Ich musste dich nicht retten vor trampelnden Füßen oder fegenden Reinigungsgeschwadern. Ich war böse und habe dich mit voller Absicht eingesackt!«

»Wir sind viele«, sagt beschwichtigend mein neuer Freund. »Der nächste Käufer hätte mich achtlos fortgeworfen. Allein der Pulli hätte ihn interessiert. Das Label nicht. Dafür hattest nur du einen Blick und sonst niemand.«

Stumm blicke ich auf die stechend rosa Punkte in den großen kreisförmigen Augen meines Freundes. Sie scheinen spiralförmig aus dem Bild herauszuwachsen, sich mir entgegen zu drehen. Die Eule ist lebendig. Sie suggeriert mir, dass sie mir verzeiht. Und dass sie sich wohlfühlt auf ihrem neuen Platz in meinem Tagebuch, ganz hinten.

Mein Blick fällt auf den Namen der Firma. Die englische Bezeichnung für »Kritik«. Und der Werbeslogan, winzig darunter in weißer Schrift, er lautet übersetzt: »Niemals etabliert«. Was will mir das nun sagen? Vielleicht alles? Vielleicht nichts?

Mit meinem Diebesgut im Beutelchen bin ich am selben Nachmittag noch weiter durch das Center, meinen Tempelersatz, gewandert. Kreuz und quer. Ich weiß nicht, warum ich das immer wieder tue, vielleicht aus therapeutischen Gründen, nur um mich zu prüfen: Halte ich dem Menschenandrang stand? Schaffe ich es, freundlich zu bleiben, wenn die Massen sich im Atrium stauen, weil auf einer Bühne gerade landesweit bekannte Boxer öffentlich gewogen werden? Kann ich lächelnd um einen Eiskaffee bei Tchibo bitten, auch, wenn mir von hinten wogende Busen, von der Seite Ellbogen, von vorn ein sperriger

Gegenstand aus der Haushaltwarenabteilung in den Rücken, meine Rippen, meine Brustkorb gerammt werden? Manchmal brauche ich das einfach. Ich glaube, es stählt mich. Was dich nicht umbringt, macht dich stärker. Der alte Spruch, den ich mal so gehasst habe, wenn er aus dem gestrengen Mund eines Erziehers quoll. Und der doch Wahrheit enthält. Ich kann es nicht leugnen, wenn ich ihn an meiner bislang gesammelten Erfahrung messe.

Die gleich aussehenden solarium-gefärbten Antlitze der Männer aus der Boxer-Equipage im Atrium, sie nehmen mich nicht wahr, als ich meinen Eiskaffee-Becher ›*to go*‹ an ihnen vorüber zur nächsten Sitzbank balanciere.

Auf einem der weiß überzogenen Stehtische – wie zum Sektempfang bereitet – liegen achtlos hindrapierte Flyer, Kugelschreiber, einzelne Büroklammern auch.

Meine langen Finger bleiben um das Trinkgefäß geschlungen. Halten den Beutel. Für heute habe ich genug gesündigt. Ich nehme nichts weiter an mich, das mir nicht gehört.

Vielleicht ist es ja doch noch zu retten, mein Karma.

Ich geb es zu,
ich liebe ihn, er ist mir teuer.
Ein Rendezvouz
gleich wo es ist, nicht wichtig wann.
Er kommt hinzu,
es singt in mir, ich schau' ihn an,
was fühlst denn du?
spielst du mit mir, spielst du mit Feuer?

Wie Alkohol
erscheinst du mir, genieß' dich gern.
So wundervoll
bist du so oft, bist du in Maßen.
Das seh' ich wohl,
ich hoffe stets, ich kann's nicht lassen,
doch alles hohl,
denn wird's zuviel, bist du mir fern.

Jetzt gehst du fort,
bist es bereits, noch mehr schon bald.
Ein kleiner Mord
mit stillem Schmerz und dumpfer Trauer.
Und bist du dort
dann warte ich, lieg' auf der Lauer.
Ein Zauberwort,
dann bin ich frei und für dich kalt.

(Jan Panier, 2012)

»Konzertspaziergang«

Der Mann sieht aus wie das Heldenporträt eines
irischen Kriegers nach der Schlacht. Was sage ich:
Während der Schlacht, mitten im Kampf! – so feurig
blicken seine Augen in die Menge, so wild fliegt seine
verschwitzte Mähne, so mutwillig wirkt sein akkurat
gestutzter Bart, scharfe Linien links und rechts abwärts
des Mundes, zum Gesang die Lippen geöffnet. Wie kann
ein so wuchtiger Mensch so filigrane Handbewegungen
tun, sich insgesamt ganz ähnlich anmutig bewegen wie
sein Kollege David Bowie, denke ich, während ich
hingerissen Rea Garvey zuhöre. Er präsentiert seine
neuen Lieder auf der Parkbühne Wuhlheide. Can´t stand
the silence. Ja. Das glaube ich ihm aufs Wort, dass er die
Stille nicht ertragen kann – wenigstens musikalisch,
wenigstens für die Dauer eines Liedes. Im wirklichen
Leben soll er an Tinnitus leiden. So ein junger Kerl!
Neuerdings sind sie IMMER jünger als ich, wenn sie mir
gefallen, Schauspieler, Sänger, Künstler. Zwischen diesem
Recken und mir liegen – glaube ich – mehr als zehn Jahre.
Daran mag es liegen, dass ich finde, so einer hätte es
nicht nötig gehabt, dass seine Backgroundsängerin in
schwarzem Netz von Kopf bis Fuß fast nackig hinter ihm
auf der Bühne steht, und um den Eindruck noch zu
verstärken, auf hohen, spitzen Absätzen in roten Lack-
pumps balanciert. Ist sie nicht zum Singen dort? Auch in
den Texten des Berliner Iren kann ich keinen Hinweis auf
so – nennen wir es ruhig beim Namen – Nuttiges ent-
decken. Aber mich fragt ja keiner. Ich konzentriere mich
auf ihn und eben nicht auf sie, was schwer genug ist, weil

die Kamera für die große Leinwand an ihrem Körper auf und nieder fährt (Hat sie wirklich gar nichts drunter?). Eine Kamerafrau tut dies. Wieso scannt sie mir nicht lieber die Helden-Silhouette hoch und runter? Ich würde es begrüßen. Aber es geht um diese Musik. Und die wirkt erst richtig auf der Bühne.

Ich weiß noch, ich habe sie mir zu Hause im Rechner angehört. Da fand ich die Lieder ein wenig eintönig. Kein Vergleich zu früheren Schmelzehits wie »Tonight«. Aber die präsentiert er wohl nicht mehr. Seine Band ist neu. Die frühere – Reamonn – heißt jetzt Stereolove und ist auch bei der selben Veranstaltung mit einem ebenfalls charismatischen Frontmann am Nachmittag schon aufgetreten. Auch schön. Auch schön. Ich fühle mich sehr weich und offen für die Töne, für die gesamte Veranstaltung, die es schon zum sechzehnten Mal gibt. Ich bin zum dritten oder vierten Mal dabei. Volle sieben Stunden lang, an einem Samstag im August, von fünfzehn bis zweiundzwanzig Uhr.

Diesen Weg gehe ich nur dieses eine Mal im Jahr.

Ich laufe frohgemut von Baume los, gehe über den Friedhof linke Seite, quere die Rixdorfer, laufe durch die Gärten hinter der Bahn bis nach Schöneweide wie bei meinem Brotspaziergang, schlage mich dann jedoch – anders als beim Brotspaziergang – nach rechts, gehe einmal schräg durch die mystisch stille Wohngegend hinter der Alten Feuerwache bis zum Kaisersteg. Diese Brücke nehme ich mit dem Gefühl, in einer fremden Stadt zu sein, nicht in meinem Zuhause. Amsterdam vielleicht. Venedig. Oder Paris. Wobei ich nicht weiß, warum ich das denke. In keiner der genannten Städte bin ich je gewesen.

Dann kreuze ich den weiten, gelangweilten Platz auf der anderen Seite der Spree, gelange über die Wilhelminenhofstraße in das Gebiet rund um die evangelische Kirche Oberschöneweide, in die Zeppelinstraße, springe durch die Autos über die zweispurige Bahn Richtung Köpenick und mitten hinein in die grüne Oase Wuhlheide, die früher mal ein Pionierpark war. Heute ist das Freizeit- und Erholungszentrum mit seinen vielen Attraktionen für Kinder und Familien immer noch ein Hit. Der Klettergarten bietet Abenteuergefühl, und einmal im Jahr – eben jetzt, Ende August – findet hier das große Konzert »Stars for free« statt. Ein Berliner Radiosender schenkt es seinen Hörern. Alle Karten kann man nur gewinnen. Sie kosten keinen Cent.

Ich staune immer wieder neu über die friedliche und ausgelassene Stimmung in der Freiluftarena. Egal, ob es regnet, bereits herbstlich kühl ist oder, so wie heute, noch einmal sonnenbrandheiß; die Leute haben gute Laune, lachen, schreien schon los, wenn die Konfettikanonen ihr – hoffentlich biologisch abbaubares – Material versprühen. Sie singen erst recht mit, wenn die Künstler auf die Bühne kommen, und es scheint ihnen fast egal zu sein, ob da Disco, Rock oder die Gewinnerin einer Fernseh-Casting-Show ihr Bestes geben. Ein Herz und eine Seele sind die Siebzehntausend. Und wenn es dunkel wird, schwingen sie überall auf den Rängen und in der Mitte, unten auf der Wiese, im selben Takt blaue Leuchtestäbe, als würde sie jemand dirigieren. Zum Höhepunkt gibt es ein Feuerwerk, das manche in den Armen des Geliebten halb auf den Sitzbänken liegend genießen, andere mit dem Handy abfilmen, um es dann zu Hause eventuell zu genießen. Immer das gleiche Ritual, wird zu Beginn der Glitzershow am Nachthimmel Louis Armstrongs »What a wonderful world« gespielt.

Ja, so wundervoll könnte sie sein, die Welt, wenn wir Menschen derart friedlich miteinander umgingen, immer, jeden Tag – und nicht nur an einem Samstag im August. Ja, ich bin eine Idealistin, immer schon gewesen. Das ist aus mir nicht rauszukriegen. Das kommt immer wieder durch.

In der selben beschwingten Harmonie schiebt sich die Menge nach draußen, läuft wie ein Organismus mit siebzehntausend Köpfen langsam, zügig durch die breiten Alleen zu den Autos, die auf der Rennbahn An der Wuhlheide in langen Reihen geparkt worden sind.

Ich bin die Frau des Technikers. Mein Schatz muß noch abbauen, Kabel ziehen, Kisten einladen und transportieren.

Die Frau des Technikers braucht zwei Qualitäten: Geduld und Alleinseinkönnen. Ich muss oft auf ihn warten, weil er nie so ganz wissen kann, wie lange etwas dauert, ein Interview, ein technischer Support, eine Erklärung für einen Kollegen am Computer.

Da sitze oder stehe ich und beobachte inzwischen die Leute. Techniker und Literatin, das ist eine gute Kombination, wenn ich es so betrachte. Auch jetzt gehe ich allein. Eben noch habe ich in seinen Armen gelegen und weinend vor Dankbarkeit das Feuerwerk bewundert. Ja, what a wonderful world für mich, die ich genau so lange, wie es »Stars for free« gibt, selber »free« bin – und sogar noch zwei Jahre länger! Seit achtzehn Jahren habe ich keinen Tropfen Alkohol mehr angerührt, und das ist – neben der Geburt meiner Kinder und der Liebe die ich leben darf – das Größte in meinem Leben. Ohne das würde es nicht eines meiner fünfzehn Bücher geben. Auch keine Liebe. Und schon gar keine innige Verbindung zu meinen erwachsenen Kindern, zur Familie, zu Freunden. Wieder ein Jahr »ohne«. Daß das nicht selbstverständlich ist, hat mir vorhin auch jene schwankende junge Frau gezeigt, die immer wieder von der Bank fiel, ihre Sitznachbarn mit Sekt aus ihrem Becher besprühte und sich im kurzen Kleid danebenbenahm, ein um das andere Mal von Hilfreichen gestützt, aufgefangen werden musste. Sie war ich, wie ich damals gewesen bin. Heute nicht mehr. Welch ein Glück.

Ich glaube, Rea Garvey muß ebenfalls nüchtern gewesen sein. Ich sehe den Unterschied. Künstler mit offenem Visier präsentieren sich sensibler, spielen zarter mit den unsichtbaren Energien als solche, die schon einen in der Krone haben. Nichts gegen Boss Hoss. Sie brachten die Veranstaltung zu einem fröhlichen Ende. »Das kommt also dabei raus, wenn man wilde Jungs genau das machen lässt, was sie wollen, wozu es sie treibt«, hatte ich gedacht und »Don't gimme that« mitgegrölt, den Liebsten bewundert, wie er dabei mitging.

Die Frau des Technikers geht allein nach Hause. Es macht ihr gar nichts aus, sie ist ja gern allein und erfüllt den Tatbestand jenes alten Spruches »Du bist sowieso niemals ganz allein!« Zuerst schiebe ich mich mitten in den Massen voran und habe keine Angst, zerdrückt zu werden. Ich empfinde diese Menge eher wie einen Schutz, wie eine Geborgenheit spendende Hülle. Dann zerstreut sich alles. Viele gehen zu ihren Gefährten, immer weniger wählen noch die Gangart zu Fuß. Auf der Wiese entdecke ich zwei achtlos fortgeworfene blaue Leuchtestäbe. Ich klaube sie auf, nehme sie in beide Hände, bin so gut zu sehen, wenn ich eine Straße überquere. Am Kaisersteg ist es jetzt ganz still. Einige Betrunkene machen sich auf den Bänken für die Nacht zurecht. Ich will meine blauen Lichter am liebsten verstecken und mich unsichtbar machen. Aber sie sehen sowieso nichts anderes als ihr nächstes Blickfeld, ob der Inhalt in der Flasche neben ihrer Bank noch reichen wird bis zum Morgen.

Ich komme am S-Bahnhof Schöneweide an, und oben auf der Plattform werde ich von einer Gruppe Rentner angesprochen.

»Die Dame leuchtet.« sagt einer, und ich biete ihm eines meiner Feenlichter an. Er lehnt lächelnd ab. Sein Begleiter scheint jedoch neugieriger zu sein. Er reckt den Kopf, schaut sich das Ding offenbar genauer an.

»Hier, bitte...« reiche ich ihm den Stab aus Plastik und einer mysteriösen Flüssigkeit. »Ich habe eh einen zuviel. Ich schenke Ihnen diesen.« Der Mann nestelt doch tatsächlich nach seinem Portemonnaie, will mir einen Euro für die strahlende Quelle geben. »Nein, danke,« sage ich, »das kostet nichts. Es ist ein Geschenk. Möge es Ihnen Glück bringen.«

Der Herr sieht mich an. »Also, dass ein über achtzigjähriger Mann von einer so jungen Frau noch einmal ein Geschenk bekommt, das hätte ich nicht für möglich gehalten. Einen schönen Sonntag Ihnen. Und viel Glück. Alles Glück der Welt!«

Das sind sie, die kleinen Augen-Blicke, die sogenannten flüchtigen Begegnungen, die manchmal einen ganzen Tag verändern können.

Ich werde nicht müde, über sie zu schreiben. Das soll keine Drohung sein. Das ist ein Versprechen an Sie, meine lieben Leser. Und an mich selbst. Ich möchte das Leben ein wenig zum Glänzen bringen. Auf meine eigene Weise. So, wie es andere für mich auch tun.

Danke, liebster Techniker. Und danke, Rea. Ich werde wiederkommen. In einem Jahr.

Aber bis dahin immer nur für HEUTE.

WENN EIN KIND
IN MEINER WOHNUNG WAR...

Wenn ein Kind in meiner Wohnung war,
dann knirscht der Zucker auf meiner Tischdecke
vom Griff in das körnig-verlockende Schälchen,
das auf einmal der Abdruck von Koboldfingern ziert.

Dann steht ein Duftkerzchen upside down, kopfüber –
aber ordentlich eingereiht in die anderen
auf seinem Regalbrett.

Dann knüllen Decken, Kissen, Polster
fein säuberlich drapiert, jedoch
                ganz leicht verdreht, verändert
an ihren angestammten Plätzen.

Dann erzählen mir die dicken Topflappen-Handschuhe,
nun verkehrt herum an ihrem Küchenhaken,
eine Geschichte.

Wenn ein Kind in meiner Wohnung war,
bleibe ich allerorten kleben, werde seltsam nass,
erwerbe mir schokoladige Flecken –
und alles krümelt.

Wenn ein Kind in meiner Wohnung war,
gerate ich herrlich
außer Kontrolle.

(Katrin Richter, 2010/2012)

»NACHSATZ«
Für dich, meine Nachbarin...

Seit Jahren schreibe ich Briefe an dich.
Ich schicke sie nie ab, lege sie dir nicht in deinen
Briefkasten, klemme sie nicht an deine Tür.

Warum schreist du so?
Warum, um alles in der Welt, schreist du bloß so laut?

Mein Herz rast, ich will zu Boden gehen,
wenn ich dich so schreien höre.
Um Hilfe? Um Liebe? Ich weiß es nicht.

Ich sage es dir nicht. Wie weh mir das tut.
Heute schriest du ganz nah.
Auf den Treppenstufen vor meiner Wohnung.
Ich trat heraus, ging in die Knie vor dir.
Ich war noch in meinem Bademantel.
Hatte soeben mein Schreiben begonnen.

Da sagte ich es dir.
Ich sprach vom Schreien. Ich sprach vom Herzrasen.
Ich sprach davon, dass deine Lautstärke mich an etwas erinnert.
Etwas aus meiner eigenen Geschichte.

Du erdrücktest mich mit Worten. Du hast es schwer,
so allein mit zwei Jungs, die gerade heranwachsen.
Ich weiß. Ich weiß. Du seist eben so. Und so oft, wie ich das
jetzt darstellte, würdest du ja nun wirklich nicht schreien ...
Und nicht so laut.

»Ich bin dir egal.« sagte ich und schwieg.
Du redetest und redetest, wie ein Schwungrad,
das erst langsam zum Stehen kommt.
Das ausschwingen muß vor seinem Stillstand.
Vor dem sogenannten Toten Punkt.

Plötzlich sahst du mich mit großen Augen an.
Keine von uns sprach mehr ein Wort.
Wir sahen uns nur an, dann stand ich auf, drehte ich mich
um und ging in meine Wohnung zurück.

Es ist nichts bei ihr angekommen, dachte ich.
Oder ist doch etwas angekommen?
Ich habe es ja nicht in der Hand. Das weiß ich.
Manchmal ist es nur ein Zwinkern, eine Welle, ein
gesagtes Nebenbei-Wort.
Jedes kleine Zeichen kann etwas verändern.
Das weiß ich aus Erfahrung.

Ich gebe auf. Ich lasse los.
Mögen die Unsichtbaren helfen. Ich kann es nicht.

Wenn wir Menschen wüssten, wie sehr wir alle miteinander
verbunden sind, würden wir uns dann anders verhalten?
Rücksichtsvoller. Freundlicher. Empfindsamer.
Im Wissen, dass auch der Nächste seine
Herausforderungen zu bestehen hat ...

Behandle die anderen so, wie du selbst
behandelt werden möchtest.

Wir schreiben das sagenumwobene Jahr 2012.
Wie lange, frage ich, wird es wohl noch dauern,
bis wir alle miteinander begreifen? Wie lange noch.

Bisher sind von der Autorin
folgende Bücher im Handel erhältlich...

(Stand Herbst 2012)

Die »Stadtstreicherinnen«-Trilogie,
als *Katrin Panier-Richter...*

1.Teil

Es gibt kein Problem, das sie beim Spazierengehen nicht lösen kann. Ob sie sich ärgert, verliebt ist, nicht mehr ein noch aus weiß, die »Stadtstreicherin« zieht ihre Wanderschuhe an, streift ihren olivgrünen Parka über und natürlich einen Kuschelschal. Dann bricht sie auf, geht zu Fuß durch Berliner Großstadtkieze, schaut auf Menschen, Tiere, Zeitgeister und in ihre eigene Seele. Wenn Sie mehr erfahren wollen über das »Zitzeln«, das »Muddeln«; was einen Loslassspaziergang von einem Brotspaziergang oder gar einem Spaziergang interruptus unterscheidet, dann finden Sie Antwort und Inspiration in diesen Texten und Gedichten.

»Stadtstreicherin. Spazierbilder«

EAN: 978-3-8370-4066-1
Books on Demand Norderstedt, 2008
Paperback, 144 Seiten, 10,00€

Die »Stadtstreicherinnen«-Trilogie,
als *Katrin Panier-Richter...*
2.Teil

Allein verreisen ist wie ins Kloster gehen. Das hört ClaraKatrin von ihrer Freundin, die sie um Rat gefragt hatte: »Soll ich oder soll ich nicht?« Ja, sie soll, und sie tut es auch.

Okay, die Schweiz, Ascona, der Lago Maggiore, das ist zwar nicht Tansania, Indien oder der bolivianische Dschungel, aber darauf kommt es ihr nicht an. Die eigene Seele auf fremder, ungewohnter Leinwand betrachten. Innehalten, das eigene Gebiet erweitern und herausfinden, was wirklich trägt im Leben — dafür macht sich die Heldin dieses Büchleins auf und kehrt verändert wieder nach Hause zurück. Der Mutsprung hat sich gelohnt.

»Mutspringerin. Reisebilder«

EAN: 978-3-8370-7347-8
Books on Demand Norderstedt, 2008
Paperback, 168 Seiten, 10,00€

Die »Stadtstreicherinnen«-Trilogie,
als *Katrin Panier-Richter...*
3.Teil

Eine kleine Liebesgeschichte in achtzehn Briefen an
Chris über die große Wut und das Scheitern des Egos.

Die Gedanken einer Berliner Putzfrau,
die für sich erkennt, daß man im Leben auch Widerstand
leisten muss –
aber nicht gegen die Dinge, die einem zum Wohle
geschehen.

»Briefschreiberin. Gedankenbilder«

EAN: 978-3-8370-9684-2
Books on Demand Norderstedt, 2009
Paperback, 152 Seiten, 10,00€

»Sieben und eine Nacht«
Eine Liebe in Dubai

EAN: 978-3-8423-4775-5
Books on Demand Norderstedt, 2011
Paperback, 304 Seiten, 19,90€

»Ich war nicht in Dubai«
Ein Hierbleibebuch

EAN: 978-3-8423-2681-1
Books on Demand Norderstedt, 2010
Paperback, 133 Seiten, 10,00€

»Spuren der Verwandlung«
Ein Baum– und Menschentagebuch

EAN: 978-3-8391-6351-1
Books on Demand Norderstedt, 2010
Paperback, 244 Seiten, 16,90€

»Unrasierte Seele. Kaffeehausroman«

EAN: 978-3-8391-2824-4
Books on Demand Norderstedt, 2009,
Paperback, 236 Seiten, 16,90€

Eine Version mit großen Buchstaben:

»Unrasierte Seele. Kaffeehausroman«

EAN: 978-3-8391-3404-7
Books on Demand Norderstedt, 2009,
Paperback, 372 Seiten, 23,90€

»Mit einem Bein auf der Couch.«
Therapeutengeschichten

EAN: 978-3-8334-8306-6
Books on Demand Norderstedt, 2007
Paperback, 244 Seiten, 16,90€

»Das schwächste Glied.«
Eine Geschichte aus dem Leben

EAN: 978-3-3001747-1
Books on Demand Norderstedt, 2003
Paperback, 192 Seiten, 12,40€

»Sex gehört dazu.«
Geschichten vom Erwachsenwerden

EAN: 978-3-8960-2428-2
Schwarzkopf & Schwarzkopf, Berlin 2003
Paperback, 528 Seiten, 14,90€

»Zu Hause ist, wo ich verliebt bin.«
Ausländische Jugendliche in Deutschland erzählen

EAN: 978-3-8960-2486-2
Schwarzkopf & Schwarzkopf, Berlin 2004
Paperback, 400 Seiten, 9,90€

»Die dritte Haut«
Geschichten von Wohnungslosigkeit in Deutschland

EAN: 978-3-8960-2711-5
Schwarzkopf & Schwarzkopf, Berlin 2006
Paperback, 320 Seiten, 9,90€

»Die schlimmsten Gitter sitzen innen.«
Geschichten aus dem Frauenknast

EAN: 978-3-8960-2612-5
Schwarzkopf & Schwarzkopf, Berlin 2004
Paperback, 320 Seiten, 9,90€

<u>**Hinweise zum Vertrieb:**</u>

Sie können die genannten Bücher in Ihrer
Buchhandlung oder im Internet bestellen
(z.B. www.libri.de oder www.amazon.de),
gern auch - und auf Wunsch signiert - in der
Buchhandlung unseres Vertrauens,
dem »Büchereck Baume«:

»Büchereck«,
Baumschulenstraße 11 / Eingang Behringstraße
D-12437 Berlin

Telefon: +49 (0) 30 53216132
        Internet: http://www.buechereck-baume.de

Als JournalistIn können Sie alle bei »Books on
Demand« verlegten Titel kostenfrei als
Rezensionsexemplar bestellen.
                (http://www.bod.de)
Für kostenfreie Rezensionsexemplare von Titeln,
die bei »Schwarzkopf & Schwarzkopf, Berlin«
verlegt wurden, wenden Sie sich bitte an die
dortige Presseabteilung.
                (http://www.schwarzkopf-verlag.de)

Alle weiterführenden Informationen finden Sie
auch unter www.bod.de.
                (http://www.bod.de/autoren.html)